KB050633

매니지
먼트의
제왕

매니지
먼트의
제왕 9

초판 1쇄 인쇄일 2018년 3월 20일 ㅣ **초판 1쇄 발행일** 2018년 3월 23일

지은이 펜쇼 ㅣ **펴낸이** 곽동현 ㅣ **담당편집 팀장** 이범수
편집부 신연제 김예리 이윤아 홍현주 김유진 조서영 임소담 정요한 김미경 박수빈

펴낸곳 (주) 조은세상 ㅣ 출판등록 제 2002-23호
주소 경기도 연천군 미산면 청정로 1355
TEL 편집부 02)587-2966 ㅣ FAX 02)587-2922
e-mail bukdu@comics21c.co.kr

펜쇼 ⓒ 2017
ISBN 979-11-6171-726-5 ㅣ ISBN 979-11-6171-198-0(set) ㅣ 값 8,000원

매니지먼트의 제왕

9

NEO MODERN FANTASY STORY

펜쇼 현대판타지 장편소설

(주)조은세상

펜쇼 현대판타지 장편소설

NEO MODERN FANTASY STORY

CONTENTS

펜쇼 현대판타지 장편소설

NEO MODERN FANTASY STORY

CONTENTS

1장. 이제 혼자가 아니잖아요

의외의 일이었다.

연출가를 소개해 준다고 해서 정호는 당연히 김 PD가 프리랜서 연출가를 소개해 줄 거라고 생각했다.

방송국 입장에서 연출가는 방송국에 소속된 '직원'이었다.

그런 직원이 타 방송국으로 가서 연출을 한다는 건 우선 '소속'이라는 측면에서 말이 되질 않았다.

또한 실제로 그런 일이 벌어졌을 때 여러모로 막심한 손해를 끼칠 수도 있었다.

특히 가까운 미래에 타 방송국으로 떠나 경쟁자로 돌아올 수 있다는 게 가장 큰 문제였다.

하지만 김 PD는 이런 가능성에도 불구하고 지금 MBS 소속의 연출가를 소개해 주겠다고 말하고 있었다.

그러다 보니 정호로서는 의외라고 생각할 수밖에 없었다.

김 PD가 정호의 궁금증을 미리 알고 이런 결정을 내린 이유에 대해서 설명해 줬다.

"사장님의 지시입니다. 사장님께서는 MBS를 타 방송국에 가서 일하고도 돌아오고 싶은 곳으로 만드실 생각입니다. 그래서 이번 일을 계기로 조건이 충족됐을 때, 타 방송국에 가서도 일을 할 수 있게 해 주실 생각이라고 합니다."

정호가 중얼거렸다.

"조건이라……."

MBS 사장의 조건이라는 게 뭔지 대충 알 것 같았다.

하지만 확실하게 하기 위해 물었다.

"조건이 무엇입니까?"

김 PD가 답했다.

"자잘한 부분이 있긴 하지만 정리하자면, 하나는 해당 프로그램의 방영 당시 동시간대에서 직접적인 경쟁을 벌이지 않을 것. 다른 하나는 해당 프로그램이 궁극적으로 MBS에서 서비스될 것이라고 확정할 것. 이렇게 두 가지입니다."

정호의 예상대로였다.

김 PD가 제시한 두 가지 조건이 충족되지 않은 상태에서 함부로 연출가를 빌려주는 건 너무나도 위험했다.

아무리 MBS 사장이 MBS를 '타 방송국에 가서 일하고도 돌아오고 싶은 곳'으로 만들고 싶다고 해도 말이다.

만약 이런 조건도 없이 직원을 빌려준다고 했으면, MBS 사장이라고 해도 직원들의 반대에 부딪힐 수밖에 없었을 것이다.

정호가 생각을 정리하며 대꾸했다.

"좋습니다. MBS의 조건이 무엇인지 확실히 알았습니다. 첫 번째 조건은 어렵지 않게 충족시킬 수 있겠군요. 하지만 두 번째 조건은 충쳉의 동의를 받아야 하는 부분입니다. 그리고 충쳉의 동의를 받기 위해서는 MBS가 소개해 줄 연출가가 누구인지 알아야 할 필요성이 있을 것 같군요."

김 PD가 답했다.

"물론입니다. 저희가 염두에 두고 있는 연출가는…… 이성환 PD입니다."

◇ ◆ ◇

충쳉의 동의를 받아보겠다는 답변을 주고 전화를 끊자 민봉팔이 물었다.

"누구야? MBS에서 누굴 소개해 준대?"

정호가 대답했다.

"이성환 PD."

민봉팔이 이름을 듣자마자 깜짝 놀라며 말했다.

"이성환 PD? 와, 대박. MBS가 이번에 컬쳐 필드의 협력자 역할을 제대로 할 생각이구나……."

놀란 건 민봉팔만이 아니었다.

정호도 김 PD에게 이성환이라는 이름을 듣자마자 살짝 놀랄 수밖에 없었다.

그만큼 이 PD는 능력 있는 대단한 연출가였기 때문이었다.

'이 PD는 〈어둠을 걷는 선비〉, 〈황후, 기〉, 〈계백 장군〉, 〈해양전문가, 메이퀸〉를 연출한 대형 연출가이다. 그리고 결정적으로 42.2퍼센트의 시청률을 기록한 〈해를 끌어안은 달〉의 연출가였지.'

공동 연출이었긴 하지만 어쨌든 〈해를 끌어안은 달〉의 연출을 맡았다는 건 엄청난 경력이었다.

실력과 명성을 모두 갖춘 연출가라는 평가를 충분히 받을 수 있는 대목인 셈이었다.

또한 무엇보다도 이번 중국 합작 드라마 〈사랑해, 붉은 달〉이 퓨전 사극의 요소를 가지고 있다는 점도 이 PD의 가치를 높이는 부분이었다.

'중국을 배경으로 한 사극 드라마인 만큼 어려운 점이 있겠지만 사극을 연출해 보고, 안 해 보고의 차이는 클 수밖에 없다. 그런 까닭에 실력이 출중함에도 불구하고 사극 연출 경험이 없다는 이유로 후보에 오르지 못한 연출가도 있었으니까…….'

그렇게 이 PD는 반드시 이번 프로젝트에 합류시켜야 할 인재라는 결론이 나왔다.

민봉팔도 이 점에 대해서 동의했다.

"이 PD가 아니면 〈사랑해, 붉은 달〉과 어울리는 연출가는 없을 거야. 왠지 그런 감이 와."

정호가 물었다.

"너한테 그런 감이 있었나? 나도 모르는 사이에 그런 감이 생겼어?"

정호의 물음에 잠시 멈칫한 민봉팔이 변명했다.

"어…… 중국 진출 이후로 생겼달까? 붉은 달이 뜨면 나도 모르게 뛰어난 감이 생기는 그런 능력 말이야."

정호는 민봉팔의 말을 무시했다.

중국 진출 이후로 민봉팔에게 생긴 것은 감이 아니라 종종 헛소리를 하는 능력이었기 때문이었다.

정호가 총기획팀에서 정리해서 보내준 보고서를 뒤적이며 말했다.

"헛소리는 됐고. 강 이사님에게 전화를 걸어서 충청의

동의를 받아 달라고 부탁해. MBS가 이 PD를 소개해 주는 조건으로 충쳉의 〈사랑해, 붉은 달〉 국내 방영 동의가 필요하다고."

민봉팔은 고개를 끄덕인 뒤 바로 강철두에게 전화를 걸었다.

수화기 너머로 중국에 있는 강철두의 놀라는 목소리가 들려왔다.

강철두에게도 이 PD의 합류는 뜻밖의 일인 모양이었다.

정호의 지시대로 민봉팔은 충쳉의 동의를 받아 달라고 부탁했다.

정호가 전화를 끊은 민봉팔에게 물었다.

"어때, 강 이사님의 반응이?"

민봉팔이 씩, 웃으며 말했다.

"난리도 아니지. 대형 연출가를 물어왔다며 거의 환호성을 지르더라. 충쳉의 동의를 빠른 시일 내에 받아 내겠다는 의욕도 넘쳐."

◇ ◆ ◇

충쳉은 MBS의 조건에 흔쾌히 동의했다.

다만 공중파 정규 편성은 어렵다는 의사를 확실히 전해 왔다.

MBS도 충칭의 의사를 받아들여 〈사랑해, 붉은 달〉을 케이블에 편성하기로 했다.

어차피 중국말로 대화가 오가는 드라마가 공중파 정규 편성으로 국내의 다른 드라마와 경쟁을 벌일 수 있을 리가 만무했다.

그렇게 MBS와 충칭이 한 발자국씩 양보하면서 이 PD가 중국행 비행기에 오를 수 있게 됐다.

또한 강철두가 MBS를 대신해서 충칭의 동의를 받는 사이 정호와 민봉팔은 주요 배역을 캐스팅하기 위해 분주하게 뛰어다녔다.

그 결과, 백민후와 정서정을 〈사랑해, 붉은 달〉에 캐스팅할 수 있었다.

당초 노 작가의 요청에 따라 캐스팅을 계획했던 배우는 차수준과 임지연이었다.

하지만 아쉽게도 두 사람은 이미지 부분에서 〈사랑해, 붉은 달〉과 어울리지가 않았다.

차수준은 선이 얇고 장난기가 많은 듯한 인상이었고, 임지연은 청순하면서도 도도한 느낌이 강했다.

그런 까닭에 차수준과 임지연은 캐스팅하려던 배역에서 제외될 수밖에 없었다.

'중국이 아니라 한국이었다면 두 사람의 연기력으로 충분히 커버가 가능한 배역이지. 하지만 중국에서는 외모의 선이 명확한 배우를 선호하는 경향이 강하다. 다시 말해서 입체적인 감정의 선보다는 표면적인 이미지를 더 선호한다는 뜻이지.'

이 부분에 대해서 충쳉의 피드백을 받은 정호는 캐스팅 부분에서 막대한 영향력을 가진 노 작가에게 해당 사실을 전달했다.

노 작가는 정호가 말하려는 게 무엇인지 깨달으며 대답했다.

"확실히 그렇다면 수준 씨, 지연 양보다는 민후 씨, 정 배우님이 나을 수밖에 없죠. 그나저나 괜찮아요? 민 이사님이 지연 양이랑 사귄다는 얘길 얼핏 들었는데…… 민 이사님 마음이 꽤나 쓰리겠어요."

노 작가와 통화를 하던 정호가 민봉팔을 힐끔 쳐다봤다.

민봉팔은 시선을 느끼고 무슨 일이냐는 듯 정호를 바라봤다.

정호가 노 작가에게 물었다.

"봉팔이가 지연이랑 사귄다는 얘기가 벌써 거기까지 퍼졌어요?"

정호의 얘기에 귀를 기울이고 있던 민봉팔이 깜짝 놀라 손을 내저으며 "아니야, 아직 안 사귄다고!" 하고 외쳤다.

그 소리가 수화기 너머로 전해졌는지 노 작가가 질문했

다.

"사실이 아닌가요? 꽤나 신뢰 가는 정보통으로부터 들은 얘기라 사실인 줄 알았는데……."

정호가 궁금증을 참지 못하고 말했다.

"누구요?"

웃음기 가득한 어조로 노 작가가 답했다.

"채 작가님이요."

믿을 만한 정보통이 누군지 듣자마자 풉, 하고 웃음이 터질 뻔했지만 정호가 간신히 헛기침으로 웃음을 참아냈다.

그사이 민봉팔은 노 작가와 정호의 통화에 초집중한 상태였다.

예상치 못한 곳에서 소문이 도는 게 꽤나 부담스러운 눈치였다.

정호가 헛기침을 하며 대답했다.

"채 작가님께 전해 주세요. 아직 그 소문은 소문일 뿐이라고. 하지만 조만간 곧 사실이 될 거라고."

정호의 장난에 결국 폭발한 민봉팔이 전화를 뺏어 변명을 하려고 했지만 이미 전화가 끊긴 이후였다.

민봉팔이 나라를 잃은 표정으로 망연자실해했다.

◇ ◆ ◇

〈사랑해, 붉은 달〉은 스케일이 큰 드라마인 만큼 수많은 인물들이 등장했지만 핵심 인물은 총 여섯 명이었다.

그리고 그중에서 세 명의 배우를 한국의 배우로 채우는 게 정호의 목표였다.

'여주, 남주 두 자리와 서브 여주 한 자리를 캐스팅하는 게 목표였지. 그리고 일단 남주와 서브 여주를 백민후, 정서정으로 확정 지은 상태다. 그렇다면 남은 건 여주인데…….'

정호가 여주, 남주, 서브 여주를 캐스팅하려고 한 건 다른 이유 때문이 아니었다.

〈사랑해, 붉은 달〉의 배역 중 이 세 사람의 역할이 무엇보다도 중요했기 때문이었다.

'아무래도 처음으로 중국 드라마에 도전하는 만큼 중요한 역할은 믿을 만한 배우로 채우고 싶은데…….'

물론 그렇다고 해서 나머지 세 사람이 중요하지 않은 것은 아니었다.

다만 아무래도 정호가 생각하는 배역들에 비하면 중요도가 조금 떨어질 수밖에 없었다.

'충청의 면을 살려주고, 중국 드라마로서의 구색을 맞추는 데 중요 배역 세 자리면 충분하지. 이 부분 역시 조만간

충쳉의 도움으로 처리될 예정이니까.'

하지만 아직 여주의 캐스팅만은 확정 짓지 못한 상황이
었다.

정호가 〈사랑해, 붉은 달〉의 여주로 생각하는 사람이 바
로 강여운이었기 때문이었다.

'평소라면 그냥 물어보겠지만 여자 친구가 되니깐 괜히
말하기가 조금 껄끄럽네…….'

정호로서는 껄끄러울 수밖에 없었다.

섣불리 강여운을 캐스팅했다가는 여자 친구라서 강여운
을 데려왔다는 비난을 들을 수도 있었다.

또한 강여운이 〈사랑해, 붉은 달〉의 출연을 원하지도 않
는데 괜히 부담을 가질까봐 걱정스럽기도 했다.

하지만 민봉팔이 정호의 걱정을 단번에 날려 버렸다.

중국행 비행기에 오르기 전 뭔가가 생각난 듯 민봉팔이
입을 열었다.

"아! 정호야."

줄 끝에 서서 자신의 비행기 탑승 차례를 기다리고 있던
정호가 대답했다.

"응, 왜?"

민봉팔이 말했다.

"여운이랑 얘기 끝냈다. 여주로 〈사랑해, 붉은 달〉에 출
연하기로 했어."

갑작스러운 기습에 정호가 멍한 표정을 지었다.

정호의 멍한 표정을 보며 민봉팔이 장난기 어린 목소리로 말했다.

"아주 좋겠어~ 남자 친구가 부담스러워할까봐 먼저 〈사랑해, 붉은 달〉에 출연하겠다고 말하는 사려 깊은 여자 친구라니~"

그랬다.

강여운은 정호가 걱정하는 부분이 무엇인지 깨닫고 민봉팔을 통해서 〈사랑해, 붉은 달〉의 출연 의사를 밝힌 것이었다.

멍하니 있던 정호는 정신을 차리자마자 재빠르게 스마트폰을 꺼내서 강여운에게 전화를 걸었다.

"어, 오빠? 어떻게 전화한 거예요. 이제 곧 비행기에 출발 시간 아니에요?"

순간적으로 정호는 강여운에게 해줄 많은 말이 떠올랐지만 전부 할 수가 없었다.

고마운 마음에 말문이 턱, 하고 막혀 버린 것이었다.

정호는 한참 만에 이렇게 말했다.

"고마워, 여운아."

정호의 말을 듣고 민봉팔이 캐스팅 얘기를 꺼냈다는 걸 깨달은 강여운이 웃으며 답했다.

"아, 그거구나. 신경 쓰지 마요. 내가 좋아서 하고 싶다고 한 거예요. 그리고 오빠는 이제 혼자가 아니잖아요."

그리고 그 말이 정호의 마음으로 쑥, 들어왔다.

혼자가 아니다.

혼자가 아니라니 그것은 정말 정호로서는 느껴보지 못한 감정이었다.

2장. 딱 맞는 제작 환경?

    강여운을 끝으로 주연 배우 셋이 캐스팅됐지만 여전히 준비할 사항은 많았다.

    우선 한국의 배우들이 연기를 하기 위해 중국어 교육을 받아야 했다.

    다행히 청월과 오래 함께한 강여운, 백민후, 임지연은 중국어 회화를 아예 못하는 편이 아니었다.

    청월의 권장 스케줄 항목에 따르면 소속 연예인은 1년 중 한 달간 중국어 강습을 받아야 했기 때문이었다.

    물론 강제성이 있는 교육은 아니었다. 연습생들은 예외 없이 필수적으로 외국어 교육을 받아야 했지만, 이미 데뷔한 연예인에게 이러한 교육을 강요할 수 없었다.

하지만 욕심이 있는 연예인들은 휴식기에 시간을 할애해 외국어 강습을 받는 편이었고, 강여운과 백민후, 임지연은 욕심이 있는 배우들이었다.

덕분에 세 사람은 발음 교정을 중심으로 특훈을 받자 금세 중국어 회화에 능숙해질 수가 있었다.

물론 중국인과 당장 대화를 할 수 있는 수준은 아니었다.

그저 대사를 진짜 중국인처럼 발음할 수 있는 수준일 뿐이었다.

하지만 이 정도만으로도 연기를 하는 데에는 아무런 지장이 없었다.

'이외의 조연급 한국 배우들은 아예 중국어에 능숙한 사람을 뽑거나 대사가 거의 없는 역할이다. 이걸로 배우들의 언어 문제는 어느 정도 해결한 셈이군.'

또한 현장의 원활한 의사소통을 위하여 조연출의 숫자를 늘릴 필요가 있었다.

이를 위해 중국인 연출가를 데려와 공동 연출을 세우자는 의견이 나왔지만 받아들여지지 않았다.

그렇게 하면 현장 분위기가 두 패로 갈릴 가능성이 생겼기 때문이었다.

한국 배우와 한국 스태프, 중국 배우와 중국 스태프로.

결국 이러한 문제를 방지하기 위해 이 PD의 밑으로

중국어에 능숙한 조연출을 합류시키기로 했다.

연출가를 중심으로 구심점을 모으는 동시에 의사소통의 원활함까지 확보하겠다는 계획인 셈이었다.

MBS에서 적극적으로 협조했기 때문에 중국어에 능숙한 조연출을 합류시키는 건 어렵지 않았다.

'게다가 스크립터까지 중국어에 능숙한 인물들로 골고루 배치했다. 스태프들은 물론 배우들 역시 중국어로 작업을 하는 데 어려움을 느끼지 않을 거야.'

아예 문제가 없을 수는 없겠지만 이 정도면 충분했다.

다시 말해서 이 정도의 준비라면 시행착오가 생길 수는 있어도 갈등이 생길 정도는 아니라는 뜻이었다.

다음으로 새로운 세트장을 세워야 했다.

이때 사용된 것이 충칭의 막대한 자금력이었다.

물론 충칭은 이미 사극 세트장을 보유한 상황이었다.

이전에 여러 차례 사극을 자체 제작한 바가 있었기 때문이었다.

하지만 〈사랑해, 붉은 달〉에는 한국을 배경으로 한 세트장이 필요했고 이에 따라 충칭은 새로운 세트장을 마련해야 했다.

아예 새로 짓기에는 시간이 많이 소요됐기 때문에 기존에 사용되던 세트장의 일부를 리모델링하는 방식으로 선회했다.

막대한 자금을 쏟아부은 결과, 충청은 한 달이라는 짧은 시간 만에 그럴 듯한 세트장을 만드는 데 성공할 수 있었다.

'하지만 완벽히 믿을 수는 없었다. 사극 세트장을 만드는 게 쉬운 일이 아니니깐. 그래서 정 대표가 역사 전문가를 대동하여 충청의 세트장을 방문했지.'

괜히 고증 문제가 불거지면 여러모로 피곤했기 때문에, 사전에 잘못된 점을 찾아보려는 생각이었다.

하지만 충청의 세트장을 목격한 역사 전문가가 놀라며 말했다.

"대단하군요! 어색한 부분이 없지는 않지만 대부분 고증을 완벽하게 재현했어요!"

아닌 게 아니라 정말 세트장은 꽤나 잘 지어져 있었다.

나중에 알아보니 후앙 훼이가 이왕 짓는 거 한국의 역사 전문가를 초빙해서 제대로 된 세트장을 지으라는 명령을 내렸다고 한다.

충청 측에서는 신속하게 업무를 처리하다 보니 이 부분을 컬처 필드에 전달하는 것을 잊은 것이고.

그렇게 세트장이라는 중요한 퍼즐 하나가 완성된 셈이었다.

마지막으로 중국인 배우의 캐스팅과 스태프의 고용을 마무리할 필요가 있었다.

여기에도 충청이 적지 않은 도움을 줬다.

그중에서도 특히 이름난 주연급 중국 배우를 물어온 것이 인상적이었다.

'최근 주연으로 출연한 몇 작품의 성적이 좋지 않지만, 판보어는 중국에서도 열 손가락에 꼽히는 스타다. 충칭이 어떻게 물어왔는지는 모르겠군. 어쨌든 〈사랑해, 붉은 달〉에 좋은 홍보 효과로 작용할 거야.'

판보어만이 아니었다.

왕쉬팡과 진씨아오는 〈사랑해, 붉은 달〉의 배역에 가장 잘 어울린다고 생각되는 배우들이었다.

특히 진씨아오는 노 작가가 직접 지명할 정도로 연기력이 뛰어난 배우였다.

그래서인지 진씨아오의 역할만큼은 대안 자체를 마련하지 못한 상태였다.

'충칭이 제대로 힘을 썼군. 캐스팅이 아주 마음에 들어.'

이외에도 충칭은 조연급 배역들의 캐스팅을 순식간에 마무리했다.

또한 중국인 스태프들도 전부 고용했다.

한국어 회화에 능통한 스태프들이 다수 포진되었다는 걸 강철두가 직접 나서서 확인했기 때문에 여러모로 안심이 됐다.

완료된 사항을 살피며 정호가 고개를 끄덕였다.

'이걸로 촬영 준비는 완벽하게 끝난 건가……'

◇ ◆ ◇

〈배경〉

성나라(충챙 사극 세트장).

〈등장인물〉

적태산(붉은 달 장군) — 백민후

이서령(조선의 공주) — 강여운

리치앙(성나라의 일황자) — 판보어

류메이쳰(성나라의 일황자비) — 정서정

리챠오(성나라의 이황자) — 진씨아오

장슐란(성나라의 이황자비) — 왕쉬팡

〈사랑해, 붉은 달〉의 설정은 앞서 밝힌 바 있듯이 간단했다.

세상 어딘가에서 커다란 자연재해가 일어난 날, 주인공만 볼 수 있는 붉은 달이 뜨고, 붉은 달을 본 주인공이 금사빠가 되어 버린다는 것이었다.

이때의 주인공이 바로 적태산(백민후)이었다.

적태산은 붉은 달 장군이라고 불리는 성나라의 영웅급 장수로 붉은 달이 뜨는 밤에 우연히 조선의 공주 이서령(강여운)을 만나 사랑에 빠지게 된다.

하지만 차기 황제의 자리를 노리는 일황자 리치앙(판보어)과 이황자 리챠오(진씨아오)가 조선을 등에 업기 위해 이서령을 노리면서 상황이 꼬인다.

적태산에게 연적이 생기는 것이다.

심지어 여기서 그치지 않고 일황자비 류메이첸(정서정)과 이황자비 장슐란(왕쉬팡)이 이서령을 견제하면서 극은 파국으로 치닫기 시작한다.

'성나라의 장군 적태산과 조선의 공주 이서령의 사랑이 이루어지는가가 핵심으로 다뤄지는 드라마지. 이와 동시에 전쟁의 화끈함도 담아낼 예정이고.'

여러모로 성공 가능성이 높은 작품이었다.

다만 사극이라는 특성상 사전 제작으로 진행돼야 한다는 단점이 있었다.

평소라면 사전 제작은 전혀 문제가 되지 않았다.

오히려 드라마의 완성도를 높이기 위해 사전 제작을 적극적으로 고려했다.

하지만 미네르바와 경쟁을 펼쳐야 하는 컬쳐 필드의 입장에서 사전 제작은 단점이자 약점이 될 수밖에 없었다.

'미네르바가 어떤 드라마를 준비하고 있는지는 모르겠지만 그렇다고 경쟁 때문에 사전 제작 없이 사극을 내보낼 수는 없다.'

정호가 이렇게 생각했고 〈사랑해, 붉은 달〉의 연출을 맡은 이 PD도 정호의 생각에 동의했다.

"〈사랑해, 붉은 달〉은 무조건 사전 제작을 해야 합니다. 무엇보다 여자 주인공인 여운 양은 사극 경험이 전무합니다. 다시 말해서 여운 양에게 이서령이 될 수 있을 만한 충분한 시간을 마련해 줄 필요가 있다는 뜻이에요."

이 PD의 말대로 지금까지 강여운은 사극에 출연해 본 적이 없었다.

강여운이 사극을 기피한 것은 아니었다.

강여운의 이미지가 워낙 사극에도 잘 맞았기 때문에 드라마 대본이나 시나리오가 꾸준히 들어왔지만 아쉽게도 시기가 맞아떨어지지 않았다.

정호가 속으로 생각했다.

'확실히 사극이라는 장르가 생소할 테니까, 여운이 입장에서도 이서령이 되기 위한 준비가 필요하겠지.'

정호가 이렇게 생각을 정리하고 있을 때 강철두가 입을 열었다.

"사극이 힘들긴 하죠. 분장만으로도 몇 시간씩 소요되는 장르니까요. 아마 적응하려면 시간이 꽤 필요할 겁니다. 감정을 잡기도 굉장히 힘들 테고요."

강철두의 말을 민봉팔이 받았다.

"게다가 사극 경험이 없는 건 여운이만이 아니야. 민후 씨나 서정 양은 사극 경험이 있지만 판보어나 왕쉬팡도 사극 경험이 없기는 마찬가지니깐. 게다가 진씨아오가 경험해 본 사극은 〈사랑해, 붉은 달〉보다도 퓨전의 느낌이 강해서 사극이라고 말하기도 애매하고."

주연 배우 대부분이 사극에 익숙하지 못하니 더 이상의 선택권은 없었다.

게다가 양 국가에서 고용된 스태프와 배우가 한 팀으로 움직이기 위해서는 시간적으로 여유가 충분한 사전 제작이 최고의 선택지였다.

그렇게 〈사랑해, 붉은 달〉의 100퍼센트 사전 제작이 결정됐을 때였다.

미네르바가 기습적으로 드라마 제작 발표회를 열었다.

◇ ◆ ◇

중국의 드라마 제작사 시우와 먼저 손을 잡은 미네르바의 중국 드라마 제목은 〈중화의 돈〉이었다.

고도의 경영 전략과 치열한 기업전이 콘셉트의 주가 되는 드라마였다.

또한 동시에 사전 제작의 부담이 덜한 현대물이기도 했다.

미네르바의 총 대표로서 한경수가 마이크를 잡고 입을 열었다.

"저희 미네르바의 첫 번째 중국 합작 드라마는 〈중화의 돈〉입니다. 다음 달부터 촬영에 들어갈 예정이고, 시청자 여러분들은 촬영 한 달 뒤부터 〈중화의 돈〉을 만나 보실 수 있을 겁니다."

미네르바의 드라마 제작 발표회는 인터넷을 통해 실시간으로 방송되고 있는 중이었다.

제작 발표회에서부터 홍보를 확실하게 하겠다는 속셈이 엿보였다.

한경수의 유창한 중국어 인터뷰를 들으며 정호가 생각했다.

'현대물이라…… 빠르게 중국 드라마 시장을 선점해 보겠다는 속셈이군.'

확실히 〈중화의 돈〉은 그럴 가능성이 있는 드라마였다.

아라 엔터테인먼트와 메세나 출신의 대형급 스타가 주연을 맡았다는 것도 인상적이었지만, 판보어만큼이나 인지도가 있는 중국인 스타를 둘이나 캐스팅하는 데 성공했기 때문이었다.

'〈중화의 돈〉에 출연하는 중국 배우들은 오히려 판보어보다 입지가 단단하다고 볼 수 있다. 판보어가 작품을 연속으로 말아먹을 때에도 〈중화의 돈〉의 중국 배우들은 흔들림 없이 계속 잘나갔으니까.'

게다가 한경수는 〈중화의 돈〉에 특별한 수를 두었다.

〈중화의 돈〉의 제작 일정과 출연 배우들을 소개한 한경수가 아우라부터가 남다른 한 사람을 가리키며 말했다.

"드디어 연출과 각본을 맡아 주실 분을 소개할 차례입니다. 떨리는군요. 중국의 유명한 영화감독이신 왕궈 씨입니다."

왕궈 감독은 〈태양의 딸, 달의 아들〉, 〈까만 노트북〉, 〈인생의 이면〉 등을 연출한 대형 감독이었다.

심지어 연출뿐만이 아니라 시나리오를 직접 쓰는 것으로 유명한 감독이기도 했다.

정호가 생각했다.

'중국 드라마에 익숙하지 못한 한국인 연출가와 작가를 세우는 걸 포기한 거군. 왕궈라는 이름으로 잡음을 찍어 누르고 권위를 세운 뒤 작품성까지 확보하겠다는 전략이다.'

하지만 정호는 왕궈의 등장에 긴장하기보다는 오히려 미소를 지었다.

'하지만 과연 괜찮을까? 영화와 드라마는 분명 다르다. 제작 환경은 물론이고 대본을 뽑는 방식까지도. 과연 왕궈 감독이 이 어려움을 극복해 낼 수 있을까? 그것도 양 국가의 배우와 스태프를 품으면서 말이야.'

그리고 정호는 이전의 시간을 통해서 왕궈의 미래가 어떻게 될지 예측할 수 있었다.

3장. 연출가의 능력

〈사랑해, 붉은 달〉의 첫 촬영 분위기는 나쁘지 않았다.

〈중화의 돈〉의 제작 발표회가 얼마 전의 일이었기 때문에 어느 정도 영향이 끼칠 거라고 생각했지만 막상 현장에 나와 보니 다들 신경 쓰지 않는 듯한 인상이었다.

오히려 현장은 다른 이유로 긴장을 하고 있었다.

정호와 함께 먼저 현장에 나온 민봉팔이 분위기를 살피며 말했다.

"배우랑 스태프를 모아 놓으니 확실히 숫자가 굉장하네. 〈태양의 후계자〉 때의 배는 되어 보이는데? 쓰는 언어가 달라서 더 혼란스러운 거 같기도 하고. 과연 이 PD가 이런 분위기를 통제할 수 있을까?"

현장에 긴장감이 감도는 것은 아직 이 PD가 등장하지 않았기 때문이었다.

현장은 현재 중심이 잡히지 않은 상태였다.

그러다 보니 기대감과 불안함이 뒤섞이며 긴장감을 형성하고 있었다.

'많은 사람들이 하나의 통제에 따를 거라는 기대감과 많은 사람들이 뿔뿔이 흩어지고 말 거라는 불안함이 공존하고 있군. 지금 현장을 통제하는 건 저 인원들인가?'

정호의 시선은 조연출 두 사람과 다수의 스크립터가 현장을 통제하기 위해 분주히 뛰어다니는 모습에 닿아 있었다.

하지만 그들의 노력에도 불구하고 아직 현장은 완벽하게 중심을 잡지 못하고 약간 흔들리는 중이었다.

분위기를 살피던 정호가 민봉팔의 말에 대꾸했다.

"감정 신의 촬영인데도 이 정도니 확실히 전쟁 신이 시작되면 볼 만하겠군. 엄청난 숫자겠어."

정호의 말에 민봉팔이 고개를 끄덕였다.

그리고 동시에 얼굴에는 얼핏, 걱정이 어렸다가 사라졌다.

그런 민봉팔에게 정호가 빙긋, 웃어 보이고는 말을 이었다.

"하지만 그렇다고 너무 긴장하지 마. 지금까지 몇 십 작품의 사극을 연출하면서 이와 비슷한 분위기를 몇 번이나 겪어 본 이 PD잖아. 분명 잘할 거야."

하지만 그 사극들이 전부 이 정도로 엄청난 규모는 아니었다.

민봉팔은 그 부분을 지적하려다가 입을 다물었다.

〈사랑해, 붉은 달〉이 잘되기를 바라는 건 민봉팔도 마찬가지였기 때문이었다.

그렇게 두 사람이 현장의 움직임을 지켜보고 있을 때 드디어 오늘의 주인공이라고 할 수 있는 이 PD가 등장했다.

이 PD는 조연급 배우들과 가볍게 인사를 나누며 현장에 모습을 드러냈다.

그러고는 뿔뿔이 흩어져 현장을 통제하고 있는 조연출 두 사람을 큰 소리로 불렀다.

"백천아, 호담아!"

그 소리에 모든 배우들과 스태프들이 하던 일을 멈추고 이 PD를 바라봤다.

다들 놀란 모습이었다.

키가 크긴 하지만 다소 슬림한 몸매를 가진 이 PD의 목에서 저런 큰 소리가 나올 거라고 생각한 사람은 아무도 없었기 때문이었다.

그리고 그 순간, 모두가 알 수 있었다.

지금껏 어떻게 이 PD가 사극판에서 연출가로서 활동할 수 있었는지를.

게다가 이 PD는 목소리만 큰 게 아니었다.

조연출 두 사람을 불러낸 이 PD가 한 말은 배우들과 스태프들의 마음을 한순간에 사로잡았다.

"백천아, 호담아. 배우들이랑 스태프들한테 인사는 제대로 했니? 식사는 하셨는지 물어봤고?"

조연출들이 저마다 답변을 내놓았지만 썩 마음에 들지 않는 듯 이 PD가 인상을 잠깐 찡그렸다.

그러더니 이렇게 말했다.

"가자. 촬영이고 뭐고, 인사부터 드려야지."

그렇게 이 PD와 조연출 두 사람이 움직이자 사람들은 다시 하던 일을 시작했다.

흐뭇한 미소를 입가에 띤 채.

한국어 대화였지만 다수 포진된 스크립터와 통역사들을 통해 이 PD의 말을 전해 들은 중국인 배우들과 스태프들도 예외 없이 같은 미소를 띠고 있었다.

◇ ◆ ◇

"안녕하세요, 식사는 하셨나요?"

"반갑습니다. 그나저나 이름이 독특하시네요. 중국 스태프분인 줄 알았어요."

이 PD는 배우 한 사람, 스태프 한 사람에게 정성을 들여 인사를 하고 다니기 시작했다.

어차피 시간은 넉넉했다.

분장만으로 두 시간, 세 시간씩 시간을 잡아먹히는 게 사극의 특성이라면 특성이었다.

다시 말해서 본격적인 촬영에 들어가려면 적어도 한 시간의 대기는 반드시 필요한 상황이라는 뜻이었다.

그런 까닭에 이 PD는 꼭 대권주자처럼 악수까지 하고 덕담도 나누면서 배우들과 스태프들에게 인사를 할 수 있었다.

'이 많은 인원들과 인사를 전부 하려면 촬영 준비 및 분장이 끝나고도 촬영이 밀리겠지만 이런 것도 나쁘지 않지. 어차피 사전 제작이다. 괜히 급하게 진행할 것 없어.'

촬영이 밀리게 되면 사실 투자처 입장에서는 난감했다.

촬영이 하루만 밀려도 적지 않은 양의 인건비가 소모됐기 때문이었다.

하지만 컬쳐 필드는 그런 점에서 부담이 덜했다.

'인적, 물적 지원을 충쳉이 약속을 했기 때문이지. 컬쳐 필드의 투자가 아예 이뤄지지 않은 건 아니지만 이런 식의 인건비와는 전혀 관계가 없다.'

그러다 보니 정호와 함께 현장에 나온 민봉팔조차도 흐뭇하게 이 PD의 행동을 바라볼 뿐이었다.

이 PD의 행동을 보며 현장 통제에 관한 걱정이 싹 가신 모양이었다.

'하여튼 걱정하는 것만 보면 시어머니가 따로 없다니깐……'

정호가 속으로 이런 생각을 하며 슬쩍 충청 쪽 인사들이 모여 있는 곳을 살펴봤다.

의외로 충청 쪽 인사들도 꽤나 차분하게 현장 상황을 지켜보고 있었다.

동시에 약간의 여유도 느껴졌다.

'확실히 자금력이 막강하다 이건가?'

확실히 이 정도는 상관없다는 반응이었다.

계속 이런 일이 벌어진다면 충청 쪽에서도 제지를 하겠지만 말이다.

'이런 상황까지 계산해서 이 PD가 저런 식으로 움직인 거라면 〈사랑해, 붉은 달〉에 대한 기대치를 상향 조정해도 좋겠군.'

이런 생각을 하고 있을 때 민봉팔이 정호에게 말을 걸어왔다.

"그나저나 우리도 슬슬 움직일까? 이제 우리 쪽 사람들한테도 인사를 할 때가 된 것 같은데?"

매 신의 촬영마다 현장 지시를 내려야 하는 감독에 비하면 수십 배는 더 시간적 여유가 있는 정호와 민봉팔이었다.

하지만 이 PD가 인사를 하고 다니는 모습이 민봉팔에게 조급함을 안겨 준 것 같았다.

'뭐…… 일찍 인사를 하러 다니는 게 나쁜 일은 아니니깐.'

그렇게 정호도 민봉팔과 함께 컬쳐 필드 소속의 배우들과 스태프들을 만나기 위해 움직였다.

그 모습을 보고 충챙 쪽에서도 행동을 개시했다.

결국 현장에서는 갑자기 때 아닌 인사 행렬이 펼쳐지기 시작했다.

◇ ◆ ◇

새벽같이 모인 배우들과 스태프들은 점심 식사를 마친 오후가 되어서야 본격적인 촬영을 맛볼 수 있었다.

이 PD는 점심 식사마저도 화합의 장으로 만들었다.

주연 배우들은 물론 컬쳐 필드와 충챙의 주요 인사들을 모아 놓고 떠들썩하게 식사를 했던 것이다.

'술만 없었을 뿐 거의 회식이나 다름없는 분위기였다. 그리고 촬영이 끝나면 밤늦게 진짜 회식이 기다리고 있기도 하고.'

어쨌든 그건 촬영이 끝나고 나서의 일이었다.

지금은 촬영에 집중할 때였다.

〈사랑해, 붉은 달〉 대망의 첫 촬영은 화려한 액션 신이었다.

성나라의 영웅급 장군인 적태산이 부하들과 함께 화려한 검술로 말갈족을 물리치는 장면이었다.

이 신의 하이라이트는 적태산 못지않은 실력의 말갈족 족장을 단 오합으로 끝장내는 부분이었는데, 적태산 역할의 백민후는 이 신의 촬영을 위해 액션 스쿨에서 열심히 훈련을 받았다.

'가끔 액션 스쿨에 찾아가면 민후 씨는 늘 구슬땀을 흘리고 있었지. 오늘 어떤 모습을 보여줄지 기대되는걸?'

더불어 이 PD의 연출도 기대가 됐다.

'오늘 하루 종일 사람 좋은 모습만 보여줬던 이 PD는 이번에도 덕장(德將)과 같은 모습으로 연출을 할까?'

저절로 이런 생각이 들었던 것이다.

그리고 이런 기대를 하는 사람은 정호만이 아니었다.

옆에서 민봉팔도 기대감 어린 눈으로 첫 촬영 현장을 지켜봤다.

또한 분장을 끝낸 정서정도 정호 옆에 서 있었다.

정서정이 정호에게 말을 걸었다.

"첫 촬영 어떨 것 같아? 총 대표님의 고견을 듣고 싶은걸?"

정서정 특유의 말투를 들으며 정호가 빙그레, 웃었다.

그러고는 대답했다.

"잘하겠죠. 민후 씨도, 이 PD님도. 다만 어떻게 잘할지는 저도 잘 모르겠습니다."

정서정이 김빠진 목소리로 대꾸했다.

"시시하긴."

그렇게 대망의 첫 신 촬영이 시작됐다.

"너희는 왼쪽, 그리고 너희는 오른쪽."

적태산이 깔끔하게 지시를 내린 뒤 앞서 달려 나갔다.

그리고 그런 적태산을 따라 성나라 병사들은 말갈족 병사들을 밀어붙였다.

성나라의 정예병다운 강렬한 기세였고 그중에서도 가장 빛나는 사람은 다름 아닌 적태산이었다.

언제나 선봉에서 서서 병사들을 지휘하는 적태산답게 가장 앞줄에서 화려한 검술로 말갈족 병사들을 베어 넘기고 있었다.

눈이 어지러울 정도의 화려한 검술 앞에 말갈족 병사들은 속수무책이었다.

점차 형세가 불리하게 돌아가자 뒤에서 지시만 내리고 있던 말갈족 족장이 굳은 결심을 하며 앞으로 나섰다.

자신의 실력으로 적태산을 저지하겠다는 생각이었다.

족장은 역시 족장일까.

말갈족 족장은 앞으로 나서자마자 최초로 적태산의 검을 막아서는 데 성공했다.

적태산의 눈빛이 달라졌다.

동시에 입꼬리가 살짝 올라갔다.

호적수를 기쁘게 맞이하겠다는 반응이었다.

두 번, 세 번, 네 번…….

말갈족 족장은 연속해서 간신히 적태산의 검을 막아섰다.

하지만 화려한 검술에만 너무 집중한 게 결국 문제가 됐다.

갑작스럽게 발을 거는 적태산의 동작을 말갈족 족장이 놓친 것이다.

결국 말갈족 족장은 균형을 잃었고 적태산의 다섯 번째 검을 받아 내지 못한 채 차가운 바닥에 몸을 뉘였다.

기지를 발휘한 적태산의 깔끔한 승리였다.

"컷, 오케이."

◇ ◆ ◇

혼신을 다한 연습이 충분히 드러난 결과였다.

그 어렵다는 액션 신에서 단번에 오케이 사인을 받아 낸 것만으로도 연습의 결과가 나온 것이라고 볼 수 있었다.

하지만 그런 연습의 결과보다도 완벽하게 적태산으로 변신한 백민후의 모습이 더욱 놀라웠다.

함께 첫 촬영을 지켜본 정서정이 말했다.

"민후 씨가 저렇게 섹시한 면이 있었나? 강인한 남성이라…… 멋진데?"

정호도 같은 소감이었다.

'액션 신만으로도 이 정도의 임팩트를 주다니……'

이렇게 놀랄 수밖에 없는 상황이었다.

이번 액션 신은 편집을 거치면 더 화려하고 멋진 모습으로 재탄생할 게 분명했다.

그리고 그 정도라면 첫 장면부터 완벽하게 시청자를 사로잡을 수 있을 것 같았다.

하지만 정호가 놀란 부분은 이게 다가 아니었다.

정호는 이 PD의 연출 능력에도 감탄하고 있었다.

'단호하고, 깔끔하다. 덕장의 모습이 아니었어.'

게다가 여기에 더해 프로의 모습조차 갖추고 있었다.

원하는 장면이 나오자마자 두 번 생각할 것도 없다는 듯이 오케이 사인을 내는 것은 연출가의 입장에서 쉬운 일이 아니었기 때문이었다.

그것도 저절로 욕심이 생길 수밖에 없는 첫 촬영에서.

'효율적으로 배우들의 체력을 관리할 생각인 거다. 오늘이야 여유로웠지만 앞으로 강행군이 펼쳐질 가능성이 높으니 미리 분위기를 이런 식으로 조성하는 거지.'

정호는 이 PD가 어떤 판단으로 오케이 사인을 냈는지 깨달으며 고개를 끄덕였다.

동시에 〈사랑해, 붉은 달〉이 좋은 현장 분위기 속에서 촬영을 마칠 거라는 확신도 얻을 수 있었다.

'성공까지 확신하려면 다른 배우들의 활약도 역시 중요하긴 하지만, 이런 모습이라면 현장에 대한 걱정만큼은 할 필요가 없겠어. 이 PD는 스스로의 힘으로 갈등 한 번 없이 이 촬영을 마무리 지을 테니깐.'

이제 첫 촬영일 뿐이지만 정호는 많은 걸 얻었다고 생각했다.

가장 걱정스러웠던 이 PD의 능력을 확인한 것만으로도 큰 수확이었다.

'좋아. 그럼 이제 남은 촬영은 민후 씨와 여운이의 감정신인가? 벌써부터 기대가 되는군.'

4장. 그러는 당신은 누구시오?

백민후와 강여운의 감정 신은 오늘 촬영의 하이라이트였
다.

하지만 이 PD는 이 하이라이트 신을 벌써 카메라에 담
아낼 생각이 전혀 없었다.

백민후와 강여운의 감정 신 외에도 찍어야 하는 신이 많
았기 때문이었다.

게다가 백민후 덕분에 오늘 촬영이 밀리지 않게 됐다.

오늘 촬영 스케줄은 대부분 백민후의 신이었는데 이 신
들을 백민후가 전부 NG 없이 촬영했던 것이다.

그런 까닭에 이 PD가 인사를 하느라 지체된 시간이

그럭저럭 보완됐다.

정호가 속으로 생각했다.

'액션 신에 이어서 승전보를 올리고 성으로 입성하는 장면까지 완벽하게 끝냈지. 중국 배우들과 함께해서 그런가? 민후 씨의 연기에 확실히 기합이 들어간 느낌이다.'

어쨌든 그렇게 촬영은 정상적으로 진행될 예정이었다.

그리고 다음으로 찍어야 하는 장면은 까다로운 연회 신이었다.

성나라의 세력 구도를 단번에 보여주는 신으로 황태자의 자리를 노리는 일황자와 이황자의 치열한 기 싸움이 드러났다.

또한 동시에 일화자비와 이황자비의 눈치 싸움도 이 신에서 그려져야 했다.

'얼핏 보기엔 평범해 보일 수도 있는 신이다. 하지만 판보어, 진씨아오, 정서정, 왕쉬팡이라는 네 명의 주요 배역들이 등장하는 만큼 신을 따먹기 위한 주연 배우들의 경쟁이 치열해질 수밖에 없다.'

특히 백민후의 연기를 보고 자극을 받은 정서정이 열의를 불태우고 있었다.

한국 배우, 중국 배우 가릴 것 없이 주연 배우 최고참인 정서정이었기 때문에 다른 주연 배우에게 신을 빼앗기면 자존심이 두 배로 상할 수밖에 없었다.

이 PD가 액션 사인을 주며 말했다.

"자, 화려한 연회를 시작해 봅니다. 레디, 액션."

그렇게 성나라의 연회가 시작됐다.

미리 고용한 악사들이 풍악을 울렸고 카메라가 서서히 두 명의 황자를 비추기 시작했다.

어느 정도 카메라가 접근했을 때 일황자 리치앙이 먼저 입을 열었다.

"또다시 승전보군. 적태산은 역시 적태산인가?"

이황자 리차오가 배다른 형을 빈정거렸다.

"이제 하다하다 한낱 장군 따위가 부럽습니까?"

리차오의 도발에도 리치앙은 눈 하나 깜짝하지 않았다.

오히려 여유롭게 허허허, 웃으며 이렇게 대꾸했다.

"부럽지. 부러울 수밖에. 이렇게 황실에 틀어박히지 않고 초원을 누비는 것도 부럽고, 적군의 목을 벨 때마다 백성들의 칭송을 받는 것도 부럽고. 무엇보다 언제나 고지식하신 우리 폐하의 사랑을 받는 것도 부럽지."

구구절절 맞는 말이었지만, 자존심이 상할까 천한 신분 출신의 장군에게 차마 부럽다고 말할 수 없는 리차오였다.

리차오가 콧방귀를 뀌며 답했다.

"흥. 그래도 저는 적태산을 인정할 수 없습니다. 그리고 종국에 폐하의 신임을 받는 것은 제가 될 겁니다."

리치앙은 리차오의 수준 낮은 도발에 반박하지 않고

빙그레, 웃기만 했다.

자신의 진정한 상대가 적태산이라는 걸 다시 한 번 깨달으면서.

한편 일황자비 류메이첸과 이황자비 장슐란도 치열한 눈치 싸움을 벌이고 있었다.

형 리치앙이 동생 리차오에 비해 압도적으로 우세한 것에 비해 두 황자비는 누구 하나 눈치 싸움에서 뒤처지지 않았다.

눈치 싸움만을 따진다면 류메이첸이 약간 앞섰지만 장슐란에게는 유력 가문이라는 든든한 뒷배가 있었다.

서로 침묵한 채 연회를 지켜보기를 한참.

류메이첸이 먼저 입을 열었다.

"조선에서 대단한 미인이 온다더구나. 신분이 공주라던가……."

류메이첸의 말을 듣고도 장슐란은 아무런 대답이 없었다.

그저 관심이 있다는 듯 살짝 고개를 들었을 뿐이다.

대답을 기대하지 않은 것은 류메이첸도 마찬가지인 듯 계속 말을 이었다.

"작은 소국의 공주 신분이 뭐 그리 대단하겠느냐마는, 그래도 미인이라는 게 마음에 걸리는구나."

류메이첸의 말이 뜻하는 바를 깨닫고 장슐란의 눈빛이 매서워졌다.

하지만 고개를 숙이고 있었기 때문에 그런 눈빛은 류메이첸에게는 닿지 않았다.

그럼에도 불구하고 류메이첸은 장슐란의 어깨가 살짝 들썩인 보고 심기가 불편하다는 걸 파악할 수 있었다.

류메이첸이 싱긋 웃으며 준비해 온 말을 마저 꺼냈다.

"황제 폐하나 일황자 전하께서는 워낙 여색에 관심이 없지. 하지만 한 사람은……."

결국 장슐란이 주먹을 꽉, 쥐었다.

일황자 리치앙 역할을 맡은 판보어가 의외로 두 번이나 NG를 냈다.

감정이 잘 잡히지 않는지 허둥대는 게 눈에 훤히 보였다.

다행히 세 번째 시도에서는 무난하게 연기를 마무리 지었지만 이황자 진씨아오한테는 완벽하게 밀릴 수밖에 없었다.

'노 작가님이 괜히 강력 추천한 게 아니군. 저만한 배우라니 놀라워.'

진씨아오는 철없는 이황자 역할을 누구보다 완벽하게 소화했다.

쓸데없이 큰 액션으로 과잉된 감정을 표현하는 게 아니라 눈빛과 어조로 모든 걸 처리했다.

'반대로 판보어는 정말 실망스럽군. 도대체 왜 저러는 거지?'

실망스럽기는 연출가인 이 PD도 마찬가지겠지만 아무런 말도 하지 않았다.

심지어 연기를 잘한 진씨아오조차도 칭찬하지 않았다.

'어차피 패배감은 배우가 더 잘 느끼고 있을 테니깐. 판보어도 끝까지 데려가야 할 주연 배우인 만큼 괜히 자존심을 상하게 할 필요는 없다.'

정호는 이렇게 생각하면서 우열을 가리기 힘든 연기를 펼친 두 주연 여배우를 바라봤다.

다름 아닌 일황자비 류메이첸 역할을 맡은 정서정과 이황자비 장슐란 역할을 맡은 왕쉬팡이었다.

압도적인 연기 아우라를 뿜어낸 것은 역시 경력이 높은 정서정 쪽이었다.

하지만 왕쉬팡의 표정 연기도 만만찮았다.

정서정의 아우라에 밀리지 않고 표정 하나로 자신의 존재감을 마음껏 뽐냈다.

'결국 신을 따먹은 것은 정서정이지만 다들 만만찮군. 판보어만 정신을 차린다면 이쪽도 볼 만하겠어.'

충청과의 오전 미팅을 하고 돌아온 강철두도 비슷한 생각을 하는 모양이었다.

"다들 훌륭하군요. 고르고 고른 배우들답습니다. 다만 판보어가 왜 저러는지는 이해할 수가 없군요. 꽤 좋은 배우 인데⋯⋯."

정호가 물었다.

"판보어가 나온 작품을 본 적이 있습니까?"

강철두가 고개를 끄덕이며 답했다.

"작품은 여러 번 챙겨서 봤고 촬영하는 것은 딱 한 번 봤습니다. 유명 중국 배우에게 카메오 출연을 부탁하러 조 대표님과 중국에 방문했을 때 신인이었던 판보어의 연기를 봤죠. 그때는 열정도 있고 무척이나 준비된 자세가 인상적이었는데⋯⋯ 지금은 그때와 많이 다르군요."

강철두의 얘기를 듣고 보니 확실히 이상하긴 했다.

배우의 열정은 본능과도 같아서 시간이 지나도 유지되는 경우가 많기 때문이었다.

'스타의 반열에 오르면서 변한 건가? 최근 주춤했던 것도 그런 이유고?'

하지만 그런 것치곤 세 번째 시도에서 보여준 연기는 나쁘지 않았다.

다른 주연 배우들이 워낙 특출해서 그렇지 꽤 괜찮은 수준이었다.

'아직 함부로 판단할 수 있는 부분은 아니지. 다만 판보어의 다른 작품은 좀 봐 둘 필요가 있겠어.'

이 PD도 비슷한 고민에 사로잡힌 것인지 뭔가 생각에 잠겨 있는 모습이었다.

◇ ◆ ◇

드디어 오늘의 하이라이트라고 할 수 있는 백민후와 강여운의 감정 신 촬영이 시작됐다.

다들 기대하던 장면이라서 그런지 더 이상 촬영이 없는 배우들도 나와서 이 신의 촬영을 구경했다.

정호 역시 기대되는 마음으로 현장을 눈에 담았다.

하지만 기대되는 마음 한편으로 긴장감이 피어올랐다.

'왜 이러지? 기분이 이상한데……'

그런 정호의 옆으로 민봉팔이 다가왔다.

그러고는 작은 목소리로 물었다.

"그나저나 정호야, 너는 긴장 같은 거 안 드냐? 네 여자친구가 다른 남자랑 감정 신을 펼치는 거잖아."

민봉팔의 말을 듣고 나서야 어째서 긴장감이 마음 한편에 피어오르는지 알았다.

하지만 그 마음을 감추며 피식, 웃었다.

그러고는 대답했다.

"그럴 리가 있냐? 키스를 하는 것도 아니고 겨우 첫눈에 사랑을 빠진다는 설정인데……."

정호의 말에 민봉팔이 짓궂게 반문했다.

"오, 그럼 키스 신은 안 된다 이 말이지?"

정호가 당황했다.

"아니, 그런 건 아니고……."

민봉팔이 신나서 외쳤다.

"오오! 강 이사 이쪽으로 와요! 총 대표님이 지금 긴장하고 계십니다!"

정호와 강여운이 사귄다는 것을 전혀 모르는 대부분의 사람들은 어리둥절해하는 모습이었지만 강철두만은 민봉팔의 말을 듣고 신이 나서 달려왔다.

"총 대표님이 긴장이라니! 엄청나군요! 역시 오늘의 하이라이트는 이 신입니다!"

정호는 가까이에 서 있는 민봉팔의 입과 어느새 다가온 강철두의 입을 틀어막았다.

민망한 것도 있었지만 강여운의 감정이 흐트러질 것을 염려한 행동이었다.

두 사람의 입을 막으며 힐끔 보니 다행히 강여운은 감정을 잡느라 이쪽 상황에 신경을 쓰지 않고 있었다.

정호는 내심 그게 서운했지만 이렇게 생각하며 마음을 다독였다.

'이건 일이야…… 그래, 이건 일일 뿐이지…….'

◇ ◆ ◇

조선의 공주 이서령은 지금 지쳐 있었다.

정신은 이미 조선의 궁궐을 빠져나올 때부터 지친 상태였다.

거의 팔려가다시피 중국으로 떠나야 했으니 어쩔 수 없었다.

도무지 긍정적으로 생각할 수 없는 상황이었던 것이다.

그렇게 이서령은 정신이 지친 채로 중국을 향한 긴 여정을 시작했다.

그리고 거의 도착할 때쯤 사고가 생겼다.

갑작스러운 소낙비와 함께 떨어진 천둥, 번개에 말들이 놀라 달아나 버린 것이다.

보통은 천둥, 번개에도 마부들의 말을 잘 따르는 말들이었지만 이번 천둥, 번개는 평범하지 않았다.

단 한 번도 본 적이 없는 엄청난 크기와 규모의 천둥, 번개였다.

그야말로 자연재해였다.

그리고 이 자연재해의 혼란 속에서 이서령은 일행과 떨어졌고 추위를 피하기 위해 동굴에 몸을 의탁했다.

그렇게 한참 추위에 떨고 있을 때였다.

비가 그치고 마침내 날이 갰다.

하지만 그렇다고 해서 이서령의 마음까지 갠 것은 아니었다.

정신에 이어 육체까지 지쳐 버린 이서령은 바닥에 주저앉으며 말했다.

"어쩌지…… 어떻게 해야 하지…… 달님도 무심하시지…… 나한테 이런 시련을 안겨 주시다니……."

이서령은 커다란 달을 원망하며 한참 울었다.

누군가의 발소리가 들린 것은 그때였다.

이서령이 겁을 집어 먹으며 풀숲을 향해 외쳤다.

"누, 누구세요?"

이서령의 목소리를 듣고 풀숲에서 한 남자가 모습을 드러냈다.

그 남자는 바로 적태산이었다.

적태산은 이서령을 보자마자 대뜸 물었다.

"그러는 당신은 누구시오? 누군데 이렇게 아름다운 겁니까?"

5장. 중국 지부 건립

이서령이 조선을 떠나는 신과 중국 땅을 밟고 가던 중 우연히 천둥, 번개를 만나는 신은 이미 촬영이 된 상태였다.

연회 신을 찍은 뒤, 쭉 이어서 두 신을 찍었고 강여운은 이 두 신에서 자신이 왜 세계 최고의 배우 중 한 사람으로 꼽히는지 여실 없이 보여줬다.

조선의 공주다운 기품과 때 묻지 않은 발랄함을 보여주는 동시에 고국을 떠나야 하는 슬픔과 우울함이 표정과 행동으로 드러났기 때문이었다.

심지어 이 PD는 오케이 사인을 해야 한다는 것조차 잊고 감탄사를 내뱉었다.

대본으로만 보던 이서령이 현실로 툭 튀어나와 있으니 놀랄 수밖에 없었다.

그만큼 강여운의 연기는 완벽했다.

'여운이는 자신의 연기로 국적을 뛰어넘는 감탄을 선사했다. 자연스럽게 여운이 쪽으로 분위기가 기우는 느낌이군. 현장에서 이제 여운이의 아우라를 받지 않을 사람은 없어. 모두가 여운이의 영향력에 들어왔다.'

이게 단순히 다른 배우들이나 스태프들이 강여운의 눈치를 보게 되었다는 뜻이 아니었다.

오히려 강여운의 존재감은 현장을 촬영하기 편안하고 밝게 만들고 있었다.

워낙 평소 정서정과 친분이 두터웠기에, 두 사람은 새소리 같은 목소리로 정겹게 대화를 나누는 일이 잦았고 두 주연 배우가 대화를 나눌 때면 촬영장으로 경쾌한 분위기가 퍼져 나갔다.

강여운의 영향력이란 바로 이런 것이었다.

그리고 백민후와의 감정 신에서 강여운은 또 한 번 놀라운 모습을 보여줬다.

'누, 누구세요?' 라는 대사 한마디로 현장의 모든 사람들을 설렘과 긴장 속에 몰아넣었기 때문이었다.

그걸 받아치는 백민후의 '그러는 당신은 누구시오? 누군데 이렇게 아름다운 겁니까?' 도 좋았지만, 강여운이 대사

를 뱉는 순간 분위기가 바뀌는 걸 보며 사람들은 깨달을 수
있었다.

'배우 하나가 현장을 지배하고 있구나!'

현장을 진두지휘하는 것은 이 PD였지만, 현장의 분위기
를 좌우하는 것은 강여운이었다.

백민후, 강여운의 감정 신은 이 사실을 깨닫게 해주는 것
이었다.

◇ ◆ ◇

〈사랑해, 붉은 달〉의 촬영은 순조롭게 진행됐다.

한 달간 30퍼센트 정도의 촬영을 진행하면서 많은 일이
있었다.

우선 정호는 웬만하면 촬영장을 찾지 않았다.

강여운 정도의 배우가 남자 친구의 존재로 몰입이 깨질
리는 없었지만 미리 대비하고 조심할 필요가 있다고 느꼈
던 것이다.

또한 정호 스스로가 현장에 있는 것이 괴로웠다.

백민후, 강여운의 첫 감정 신 때에는 강여운의 프로다운
모습을 보며 마음이 불편하지 않았지만, 포옹 신이나 키스
신 같은 것은 도저히 볼 엄두가 나지 않았다.

'여운이의 연기를 보며 여운이가 아니라 이서령밖에는

떠올릴 수 없었지만 혹시 모르는 거지. 나는 내 일에 집중하자.'

그렇게 정호는 현장 점검을 다른 이들에게 맡겼다.

총기획팀의 직원들은 정기적으로 나가 현장을 확인했고, 그 외에 민봉팔, 강철두, 정 대표가 일주일에 한 번씩 돌아가면서 현장으로 나가 상황을 파악했다.

'들어오는 보고에 따르면 별다른 특이 사항은 없는 것 같군. 걱정 없이 내 일에만 집중하면 되겠어.'

정호는 최근 중국에 컬쳐 필드의 지부를 건립하는 계획을 진행하는 중이었다.

기반이 전혀 없는 상태에서 건물부터 올릴 수는 없었기 때문에 일을 미루고 있었고 촬영 현장이 잘 돌아가고 있는 것을 확인하자마자 일을 추진한 것이었다.

이 일을 처리하기 위해 하기진이 중국에 도착해 있는 상태였다.

"용도부터 어떤 상징성을 갖게 할 것인가에 따라서 건물을 어디에 어떻게 올릴지가 결정될 겁니다. 어떻게 하실 생각입니까?"

정호는 충칭의 사극 세트장을 보면서 많은 걸 느꼈다.

특히 세트장이 지어지는 속도에 굉장히 놀랐다.

'충칭에서 많은 투자를 한 것도 사실이지만 그렇다고 하기엔 너무나도 기형적인 속도였다. 상대적으로 낮은 가격

에 인적 자원을 사용할 수 있다는 게 속도감을 만든 게 분명해.'

이런 생각을 하면서 정호는 컬쳐 필드 중국 지부를 하나의 사극 세트장으로 만들 생각을 했다.

정호가 자신의 생각을 하기진에게 전했다.

"분명 좋은 아이디어군요. 사무 공간으로써의 효율은 좀 떨어지겠지만 촬영을 위한 세트장과 관광 상품으로써의 효용성이 증대될 것 같습니다. 다만 적지 않은 예산이 사용될 텐데 괜찮겠습니까?"

아무리 한국과 비교해 인건비가 상대적으로 낮다고 하더라도 세트장을 짓는 일이었다.

천문학적인 액수가 들어갈 수밖에 없었다.

"괜찮습니다. 어차피 지원해 줄 곳은 아주 많거든요."

그때부터 정호는 컬쳐 필드 중국 지부 건립을 위한 투자금을 모으기 위해 움직였다.

컬쳐 필드에 소속된 업체의 투자를 받는 것은 간단했다.

전화 한 통화이면 흔쾌히 투자를 약속했던 것이다.

특히 사극 세트장을 중국 지부로 삼는다는 것에 큰 관심을 가졌다.

우리나라의 사극 세트장은 전국에 흩어져 있어서 촬영을 하려면 전국 방방곡곡을 돌아다녀야 한다는 어려움이 있었기 때문이었다.

힛 엔터테인먼트의 조 대표가 말했다.

"확실히 좋은 의견이군요. 시간은 좀 걸리겠지만 장소만 빌려줘도 투자금을 회수할 수 있겠어요."

청월의 윤 대표도 같은 의견이었다.

"장소 대관으로도 투자금 회수가 가능하겠군. 워낙 큰 사업이라서 오 대표가 아니면 감히 엄두도 못 낼 사업이지만 말이야, 하하하."

그렇게 순식간에 컬쳐 필드에 소속된 업체들에게 투자를 약속받은 정호는 MBS 사장과 미팅을 가졌다.

제작 환경의 어려움에 동감하고 있던 MBS의 송 사장도 관심을 가지고 정호의 의견을 들었다.

의견을 경청했을 뿐만 아니라 TG 그룹의 투자도 한번 받아보겠다는 약속까지 했다.

"할아버지께서 생각보다 컬쳐 필드의 일에 예의 주시하고 계십니다. 분명 좋은 답변을 들을 수 있을 겁니다. 대신 중국 지부에 놓을 전자제품은 전부 TG의 것으로 해 주실 수 있겠습니까?"

어부지리로 TG 그룹의 투자까지 얻어낸 정호는 컬쳐 필드 중국 지부 건립에 착수했다.

건설전문가를 비롯한 역사 전문가까지 다양한 전문가들이 긴 상의를 거쳐야 했기 때문에 계획 단계에서 조금 시간이 소요됐다.

충분히 역사적으로 고증이 된 상태에서 사무, 촬영, 관광이라는 세 마리의 토끼를 잡는 것이 생각보다 쉽지 않았던 탓이다.

하지만 〈사랑해, 붉은 달〉 촬영이 30퍼센트가 진행된 시점에서는 본격적인 공사가 시작될 수 있었다.

그리고 공사를 시작하자 건물이 지어지는 속도는 굉장했다.

'속도가 너무 빨라서 부실 공사가 염려되긴 하지만, 기진 씨가 현장에 나가서 직접 지휘를 하고 있으니 큰 문제는 없겠지.'

그렇게 엄청난 추진력으로 컬쳐 필드 중국 지부 건립을 시작한 정호가 한숨을 돌릴 때였다.

미네르바의 기대작 〈중화의 돈〉의 첫 방송이 마침내 시작됐다.

◇ ◆ ◇

〈중화의 돈〉 1, 2화는 나쁘지 않았다.

시청률 0.4퍼센트가 나왔다.

0.4퍼센트라면 굉장히 낮은 수치 같지만 실상은 그렇지 않았다.

중국의 가구 수가 약 5억 정도로 추정되는데, 0.4퍼센트라면 그중에서 2백만 가구 정도가 〈중화의 돈〉을 시청했다는 뜻이었다.

인구수로 환산하면 약 6백만 명 정도가 되는 숫자였다.

그에 반해 우리나라의 가구 수는 약 2천만 가구 정도.

시청자 한 명의 파급력은 따로 계산해봐야 하겠지만 단순 숫자상으로 6백만 명은 우리나라 시청률 약 10퍼센트에 해당하는 숫자였다.

'중국은 2.6퍼센트만 넘어도 그 해의 최다 시청률을 확보한 드라마가 되는 게 보통이지. 확실히 0.4퍼센트면 나쁘지 않은 시작이다.'

실시간으로 올라오는 온라인상의 평가도 좋았다.

고도의 경영 전략과 치열한 기업전을 주요 콘셉트로 내세워서 진입 장벽이 높을 줄 알았는데, 상당히 드라마적 요소가 잘 배어난다는 평이 지배적이었다.

그중에서도 특히 왕궈 감독의 연출력을 칭찬하는 댓글이 상당히 많이 달려 있었다.

영화만을 찍어 온 감독이라서 걱정했는데 오히려 드라마를 영화처럼 잘 찍어 낸 것이 인상적이라는 게 다수의 평이었다.

하지만 이런 댓글과 평에도 불구하고 정호는 침착했다.

이런 상황을 이전의 시간에서도 겪은 바가 있었기 때문이었다.

'이전의 시간에서도 왕궈 감독은 드라마에 도전했었지. 심지어 지금보다 좋은 조건이었다. 한중 합작이 아니라 중국 단독 제작 드라마였으니깐.'

한마디로 왕궈 감독은 한중의 갈등에 대한 중국 드라마를 제작할 기회가 있었다는 뜻이었다.

'기대감이 상당히 높았지. 중국 드라마를 자주 보지 않는 나조차도 왕궈 감독의 드라마가 나오면 꼭 봐야겠다고 생각했을 정도였으니깐.'

보통 중국 드라마의 작품성이 다른 국가들의 드라마에 비해 떨어진다고 생각하기 쉽지만 꼭 그렇지만도 않았다.

최근 중국 드라마는 거듭 발전을 하면서 나름의 특색과 작품성이 잘 녹아든 상태였다.

그에 따라 배울 점이 생겼고 한국의 많은 드라마 작가들도 중국의 드라마를 레퍼런스의 좋은 재료로 삼는 편이었다.

〈사랑해, 붉은 달〉의 노 작가도 그런 케이스 중 하나였다.

'그래서 큰 기대를 했지. 하지만 왕궈 감독은 철저하게 무너졌다. 자승자박의 모습으로.'

왕궈 감독은 영화판에서도 굉장히 고집이 강한 것으로 유명했다.

어떤 사람도 연출의 권위에 도전해서는 안 된다고 믿는 사람이었다.

거기에 시나리오까지 자신이 썼으니 더욱 그럴 수밖에.

하지만 드라마 시장은 사정이 달랐다.

'미리 집필한 대본 분량이 모두 날아간 후가 문제였지. 대본을 급히 쓰면서 연출까지 하는 일은 만만치 않은 일이었으니깐. 그에 따라 자연스럽게 연출과 대본이 전부 허술해지는 결과가 나왔고.'

거기에 엎친 데 덮친 격으로 왕귀 감독의 연출과 대본에 불만을 가지는 사람들도 나오기 시작했다.

연출과 대본이 허술해지니 배우들 입장에서는 불만을 가질 수밖에 없었던 것이다.

'알아본 바에 따르면 〈중화의 돈〉도 8화 이후의 대본이 없는 상태라고 했지. 8화면 충분히 연출을 하면 대본을 쓸 수 있는 범위지만 이번에도 쉽지 않을 거다.'

정호는 왕귀 감독의 실패를 확신했다.

특히 연출을 하고 대본을 쓰면서 국적이 다른 현장의 배우들과 스태프들을 융화시키는 일이 불가능하다고 생각했기 때문이었다.

'물론 그렇다고 해서 〈사랑해, 붉은 달〉을 허술하게 내보낼 생각은 없다. 〈중화의 돈〉이 성공 가도를 달린다고 해도 이길 수 없을 정도의 좋은 작품을 만들어낼 생각이다.'

정호는 오랜만에 〈사랑해, 붉은 달〉 촬영장을 찾아가기로 했다.

강여운을 비롯한 컬쳐 필드 소속의 배우들과 스태프들에게 힘을 북돋아줄 생각이었다.

물론 그중에서도 강여운을 만나고 싶은 마음이 가장 컸지만.

6장. 재밌는 얘길 들어서요

〈사랑해, 붉은 달〉의 촬영장에 도착하자마자 정호는 강여운의 개인 분장실부터 찾았다.

한창 분장 중이던 강여운은 어제도 촬영장에서 정호를 본 사람처럼 정호에게 말했다.

"왔어요?"

왠지 김이 빠지는 반응이었다.

정호는 강여운을 깜짝 놀라게 해 줄 생각이었기 때문이었다.

정호가 속으로 생각했다.

'실패군……. 어젯밤에도 봤으니 어쩔 수 없나…….'

밤늦게까지 이어지는 촬영 때문에 시간을 내기 힘든 상황에서도 강여운은 매일 정호를 보기 위해 노력했다.

그리고 중국 지부 건립 때문에 바쁜 정호도 시간을 내기 위해 노력하는 것은 마찬가지였다.

그런 덕분에 두 사람은 못해도 3일에 한 번씩 얼굴을 마주 보고 저녁 식사 정도는 할 수 있었다.

'어제 갔던 레스토랑도 꽤나 괜찮았지. 오늘 가져온 이것만은 못하겠지만.'

정호가 이런 생각을 하며 회심의 미소를 지었다.

그러고는 검은 봉지를 꺼내 들며 말했다.

"분장 받고 있었구나? 아직 아침 못 먹었지? 김밥 사왔는데 좀 먹을래?"

정호의 말에 아침 식사를 거르고 2시간째 분장을 받고 있던 강여운이 즉각 반응했다.

"김밥!"

타지 생활을 하다 보니 아무래도 한식을 먹기가 힘들었다.

정호는 자주 한국과 중국을 오가느라 먹을 수 있었지만, 강여운은 아니었다.

가까운 한인 식당에 가려고 해도 밤늦게 촬영이 끝나는 바람에 가게 문이 닫혀 있기 일쑤였던 것이다.

그렇다고 휴식을 취하기도 빠듯한 늦은 시간에 요리를 해 먹기에도 애매했다.

그런 상황에서 정호가 김밥을 가져왔으니 기뻐할 수밖에 없었다.

강여운이 메이크업을 해주고 있던 분장팀 실장에게 양해를 구했다.

"언니, 죄송해요. 저것 좀 먹고 하면 안 될까요?"

분장팀 실장이 살갑게 웃으며 답했다.

"물론이죠. 아침도 못 먹고 나왔을 텐데 어서 먹어요."

정호가 그런 두 사람 사이에 끼어들었다.

"모든 사람들이 먹을 수 있도록 김밥을 사왔으니까 실장님도 드세요. 지금 컬쳐 필드의 직원들이 따뜻한 음료랑 아직 식지 않은 김밥을 나눠주고 있을 겁니다."

정호의 말이 끝나기가 무섭게 컬쳐 필드 직원 하나가 분장실로 들어왔다.

"자, 김밥이랑 음료 드시고 하세요! 컬쳐 필드에서 간식을 쏩니다!"

컬쳐 필드 직원들만이 아니었다.

현장 스태프들까지 나서서 김밥과 음료를 나눠주고 있었다.

깜짝 선물같이 등장한 간식에 절로 신이 난 것이었다.

분장팀 실장이 감탄하며 말했다.

"와아! 역시 컬쳐 필드의 스케일! 이 많은 배우들과 스태프들의 간식을 모두 챙기다니, 대륙의 머니 파워와 씨름

한판을 벌여도 이기겠는걸요?"

원래 분장팀 직원들은 말발이 좋고 리액션이 좋기로 유명했다.

분장을 해주면서 말발과 리액션으로 배우들의 기분을 맞추는 게 일상화됐기 때문이었다.

아카데상에 말발과 리액션 부문이 있다면 매해 수상을 했을 것이라는 생각이 들 정도로 분장팀 실장의 말발과 리액션은 알아줬다.

정호가 피식, 웃었다.

'하여튼 너스레는.'

이렇게 생각하며 정호는 강여운의 개인 분장실 밖으로 나갔다.

중국 배우들과 스태프들이 김밥과 음료를 받으며 즐거워하는지 눈으로 확인하고 싶었던 것이다.

'다행히 좋아하는군. 하긴 워낙 다양한 음식 문화가 공존하는 중국이니깐. 김밥이 조금 특이하긴 해도 거부감을 일으키지 않는 것이겠지.'

게다가 김밥을 먹어 본 사람들의 표정은 밝았다.

다들 맛있다는 반응이었다.

'다행이다. 주변 한인 식당을 전부 털어서 김밥을 싸오길 잘했군.'

그렇게 생각하며 정호가 강여운의 개인 분장실 문을

닿았다.

그런 뒤 김밥을 맛있게 먹고 있는 강여운 앞으로 다가간 정호가 따뜻한 음료의 병뚜껑을 따주며 물었다.

"맛있어?"

그러자 김밥으로 볼이 빵빵해진 강여운이 고개를 끄덕이며 대답했다.

"마시쩌요."

마음을 풍족하게 만들어 주는 대답이었다.

김밥과 음료 때문인지는 몰라도 촬영장 분위기는 정호의 생각보다 나쁘지 않았다.

〈중화의 돈〉의 1, 2화 반응이 굉장히 좋았기 때문에 촬영장 분위기가 뒤숭숭할 거라는 게 정호의 생각이었는데 그 생각이 보기 좋게 빗나간 것이었다.

'심지어 이 PD조차 별 반응을 보이지 않는 것 같군. 애써 침착한 척하는 것인가?'

연출의 입장에서는 그럴 수도 있겠다는 생각이 들어 다른 한국 배우들이나 스태프들의 표정을 살폈다.

하지만 그들도 이 PD와 크게 다를 것 없는 표정을 짓고 있었다.

그런 정호의 곁으로 해외영업부 중국팀의 팀장인 양 팀장이 다가왔다.

양 팀장은 〈사랑해, 붉은 달〉 촬영 시작이 이후로 누구보다 현장을 자주 찾는 사람 중 하나였다.

자신의 오랜 노력이 결실을 맺는 것을 두 눈으로 지켜보길 원했기 때문이었다.

정호의 곁에서 양 팀장이 입을 열었다.

"오셨습니까, 총 대표님?"

정호와 양 팀장이 간단히 인사를 나눴다.

인사가 끝나자마자 정호는 현장 분위기가 어떤지 물었다.

"내 눈에는 다들 표정이 좋아 보이네. 평소 현장 분위기는 어때?"

질문의 의도를 순식간에 파악한 양 팀장이 대답했다.

"〈중화의 돈〉 때문에 그러시는군요. 걱정 안 하셔도 될 것 같습니다. 표정만이 아니라 실제로도 다들 기분이 괜찮은 상태거든요. 오늘 촬영을 보시면 아시겠지만 촬영이 굉장히 순조롭게 이어지고 있습니다. 특히 주연 배우들이 맹활약 중이에요."

"그래?"

정호가 고개를 끄덕이며 반문했다.

그런 뒤 촬영이 한창 진행되고 있는 곳으로 눈길을 돌렸다.

전략적 이용 가치 때문에 이서령을 손에 넣으려는 리치 앙과 한 여인으로서 이서령에게 빠져 버린 리차오 형제가 설전을 벌이는 신의 촬영 중이었다.

'진씨아오의 연기력은 여전하군. 장슐란을 폐위시켜서 라도 이서령을 손에 넣고자 하는 리차오를 완벽하게 연기 하고 있다. 판보어도 나쁘지 않아. 진씨아오에 밀리는 것은 어쩔 수 없지만 침착하게 자신을 연기를 하기 위해 노력하 고 있어.'

정호의 평가가 들어맞다는 걸 증명하듯 이 PD가 오케이 사인을 냈다.

그리고 스태프들이 다음 촬영을 위해서 분주하게 준비를 시작했다.

그 모습을 지켜보고 있다가 정호가 말했다.

"확실히 연기가 좋군. 진씨아오의 연기가 좋다는 건 알 고 있었지만 지금은 물이 올랐다는 느낌이 들어."

양 팀장이 고개를 끄덕여 동의하며 대답했다.

"진씨아오 씨는 서정 배우님과 연기를 해도 밀리지 않으 려는 기색이 역력합니다. 실제로 민후 씨를 한 번 밀어낸 적도 있어요."

정호가 눈을 동그랗게 뜨며 놀랐다.

"허…… 정말?"

놀랄 수밖에 없는 게 정호가 본 백민후는 정말 완벽하게 적태산이 되어 연기를 펼쳤기 때문이었다.

이번 드라마의 중요성을 잘 알고 있는 만큼 누구보다 헌신적으로 노력한 결과였다.

'그런데도 민후 씨를 밀어낸 적이 있다고? 대단한걸? 괜히 노 작가가 추천한 배우가 아닌 건가?'

그사이 정호의 말에 양 팀장이 대답했다.

"물론 한 번뿐이긴 하지만요. 하지만 현장에서도 꽤나 놀란 눈치였어요. 민후 씨랑 대결해서 이길 수 있는 사람은 서정 배우님이나 여운 양뿐이라고 생각했으니까요."

정호가 순순히 동의했다.

"확실히 대단하군."

그리고 동시에 생각했다.

'그렇다면 더 좋지. 어쩐지 현장 분위기가 좋더라니. 그게 바로 배우들의 연기 열정 때문이었구나.'

이런 생각을 하고 있을 때 양 팀장이 조금 염려스러운 얼굴을 하며 말했다.

"하지만 좋은 소식만 있는 것은 아닙니다."

정호가 무슨 소리인가 싶어 양 팀장의 눈을 마주 봤다.

양 팀장의 수심이 가득한 눈으로 정호에게 말했다.

"오해는 마시고 들어주세요. 제 느낌입니다만……."

◇ ◆ ◇

양 팀장과 대화를 나눈 정호는 강여운의 분장실을 다시
한 번 찾았다.

그사이 마침내 분장을 끝내고 대본을 훑어보고 있던 강
여운이 정호를 보고 물었다.

"이제 가려고요, 오빠?"

정호가 고개를 끄덕였다.

"이제 가야지. 괜히 촬영장에 어슬렁거려봐야 다른 배우
들이나 스태프들이 불편해 할 테니깐."

정호의 말에 강여운이 미소를 지었다.

자신이야 정호가 곁에 있는 것이 무척이나 편하고 좋았
지만, 다른 배우들이나 스태프들은 그렇지 않다는 걸 강여
운도 알고 있었다.

정호의 신분은 컬처 필드라는 회사의 총 대표였기 때문
이었다.

강여운이 미소를 지으며 물었다.

"감독님이랑은 만나봤어요?"

정호가 답했다.

"잠깐 만나서 간단히 대화를 나눴어. 촬영이 잘 풀리고
있어서 기분이 굉장히 좋은 모양이야. 특히 주연 배우들 칭
찬이 대단해."

정호의 말에 강여운이 새침한 얼굴을 하며 중얼거렸다.

"치~ 그런 얘기가 있으면 신이 끝날 때마다 칭찬으로 해 주지."

정호가 하하하, 웃으며 대꾸했다.

"이해해. 칭찬하면 괜히 배우들이 자만할까봐 신경 쓰고 계시는 것일 테니깐. 너야 그럴 리 없겠지만."

강여운이 입을 열었다.

"알죠. 하지만 괜찮게 연기했다고 생각했는데 아무런 코멘트도 없으면 괜히 서운해지는 건 어쩔 수 없어요. 중국 쪽 배우들이랑도 호흡이 좋아지는 건 나도 꽤 기쁜데……."

강여운의 말을 듣고 있던 정호의 한쪽 눈꼬리가 살짝 올라갔다.

정호가 넌지시 물었다.

"말이 나온 김에 묻는 건데…… 중국 배우들이랑 같이 연기하는 건 어때? 재밌어?"

강여운이 배시시, 웃으며 답했다.

"재밌죠. 중국 드라마라서 그런지 또 다른 재미가 있어요. 그거 알아요? 한국어, 영어, 중국어. 각각의 다른 언어로 연기를 하면 다른 사고관을 갖게 돼요. 막 사고를 하는 방식이 달라진달까?"

정호도 그런 얘기를 들어본 적이 있었다.

해외에서 오래 거주한 사람들은 사용하는 언어의 개수만

큼 다른 생각을 한다고.

심지어 그 생각이 전혀 다른 인격처럼 느껴질 때도 있다고 했다.

'아마 연기를 하는 여운이는 그런 걸 느끼는 모양이군.'

강여운의 얘기를 들으며 정호는 왠지 안심이 됐다.

연기 외의 다른 것에는 크게 신경을 쓰고 있지 않은 것 같았기 때문이었다.

정호가 생각을 정리하며 입을 열었다.

"재미있다면 다행이네. 그나저나 벌써 시간이 이렇게 됐네? 나 진짜 가 봐야겠다."

강여운이 손을 흔들며 말했다.

"어서 가요. 다음 스케줄에 차질이 있으면 안 되죠."

정호도 마주 인사를 하며 강여운과 아쉬운 작별을 했다.

가벼운 포옹이나 뽀뽀라도 하면 좋겠지만 강여운의 분장을 망칠 수 없겠기 때문에 둘은 손 인사로 만족해야만 했다.

◇ ◆ ◇

그렇게 〈사랑해, 붉은 달〉의 현장 분위기가 나쁘지 않다는 것을 확인한 정호가 현장을 떠나며 어디론가 전화를 걸었다.

다름 아닌 강철두에게 거는 전화였다.

강철두가 전화를 받았다.

"네, 총 대표님. 촬영장에서 나오시는 길입니까?"

정호가 운전을 하며 답했다.

"안 그래도 지금 방금 나왔어요. 그나저나 통화할 수 있어요?"

정호의 말투에서 뭔가 이상한 낌새를 느꼈는지 강철두가 즉각 대답했다.

"상관없습니다. 말씀하세요."

정호가 시선을 정면을 둔 채 말했다.

"제가 아까 양 팀장에게 재밌는 얘길 들어서요. 혹시 판보어가 여운이에게 관심이 있다는 거 강 이사님도 알고 계셨나요?"

7장. 변장

〈사랑해, 붉은 달〉 촬영이 삼분의 이가 지났을 때 사건이
터졌다.

사건의 발단은 중국 언론 매체의 인터넷 기사였다.

인터넷 기사는 놀랍게도 강여운과 판보어의 열애설을 다
루고 있었다.

[그렇게 드라마를 찍어도 열애설 한 번 나지 않던 강여운
이?ㅋㅋㅋㅋㅋㅋ 이거 실화냐?ㅋㅋㅋㅋㅋ]

[강여운이라서 약간 의심이 가긴 하는데?ㅋㅋㅋ 솔직히
강여운이 뭐 아쉬운 게 있다고 판보어랑 사귀겠어ㅋㅋㅋ
ㅋ]

[판보어 정도면 충분히 비벼 볼 만하지ㅋㅋㅋㅋ 중국에서 열 손가락 안에 드는 배우인데ㅋㅋㅋ]

[강여운은 세계에서 열 손가락 안에 드는 배우인데?ㅋㅋㅋㅋ]

[솔직히 사귄다면 사귀는 거다ㅋㅋㅋㅋ 연애가 대중적인 인기랑 무슨 상관이야ㅋㅋㅋㅋ]

[그래도 급이 맞아야 하지 않음?ㅋㅋㅋ]

[ㅇㅇ솔직히 급에서 너무 차이가 나긴 하지]

[그런데 이런 식으로 사귀는 경우 많지 않냐?ㅋㅋㅋ 송성헌, 유연비도 이렇게 사귀잖아ㅋㅋㅋㅋ 게다가 강여운이랑 판보어랑 사실상 버는 돈은 비슷할걸?ㅋㅋㅋㅋ]

[강여운이 많이 벌긴 하겠지만 확실히 판보어도 수입이 세긴 하겠지ㅋㅋㅋㅋ]

[중국 드라마 시장이 그렇게 규모가 큰가?ㅋㅋㅋ]

[드라마뿐만이 아니니깐ㅋㅋㅋ 판보어급이면 드라마, 영화, 광고, 화보 등으로 중국의 돈이란 돈은 전부 긁어모을 거다ㅋㅋㅋㅋ]

[그래도 강여운이랑 비교하는 게 말이 되냐?ㅋㅋㅋㅋ 할리우드 최정상급 배우라고 강여운은ㅋㅋㅋㅋㅋ]

[솔직히 세계 최대라고 평가받는 북미 시장에서 벌어들인 수익을 판보어가 넘었으리라고 보긴 힘들긴 함ㅋㅋㅋ]

[얘들아ㅋㅋㅋ 왜 이렇게 어린애들처럼 싸우니ㅋㅋㅋ 사랑에는 그런 비교가 의미가 없는 거란다ㅋㅋㅋ]

[비교가 의미 없긴 하지만 강여운이 너무 아까워서 그렇지ㅋㅋㅋ]

[아직 공식적인 발표가 나지 않았으니 이런 논쟁은 전부 의미 없다고 봄ㅎㅎㅎ]

[강여운! 판보어! 예쁜 사랑하세요!]

[아니ㅋㅋㅋ 아직 공식적인 발표 안 나왔다고ㅋㅋㅋㅋ]

이후 컬쳐 필드가 먼저 당사자들에게 해당 내용을 전해 들은 바가 없다는 공식 입장을 밝혔다.

이어서 판보어의 소속사도 비슷한 내용의 공식 입장을 내보냈다.

하지만 뉘앙스가 약간 달랐다.

컬쳐 필드가 사실 무근이라는 뉘앙스로 말한 것에 반해, 판보어의 소속사는 당사자에게 전해 들은 내용은 없지만 만약 사실이라 해도 받아들이고 축복을 전하겠다는 입장을 낸 것이다.

그에 따라 여론은 강여운과 판보어가 실제로 사귄다는 쪽으로 기울었다.

[이건 판보어 소속사가 안티인 거 아니냐?ㅋㅋㅋㅋ]

[내가 봤을 때 이런 입장을 냈다는 거 자체가 두 사람이 사귄다는 뜻이다ㅋㅋㅋ]

[ㅇㅇ빼박인 듯]

물론 더 이상 긁어도 나올 것이 없었기 때문에 상황은 점차 수그러들었지만 여론은 잠정적으로 강여운과 판보어가 사귄다는 결론을 내린 상태였다.

◇ ◆ ◇

온라인상의 반응을 살피던 강철두가 모니터 화면에서 눈을 떼며 말했다.

"결국 상황이 이렇게 돌아가는군요……."

민봉팔이 정호의 표정을 확인하며 대구했다.

"그러게 말이야…… 이런 식으로 여론을 몰아가다니……."

민봉팔의 시선이 어디를 향하는지 깨닫고 강철두도 정호의 눈치를 봤다.

하지만 두 사람의 걱정과는 달리 정호는 침착했다.

정호가 속으로 생각했다.

'흠…… 이걸 어떻게 하는 게 좋을까……?'

그날 촬영장에 김밥과 따뜻한 음료를 전해 주고 돌아온 길에서부터 시작된 고민이었다.

정호는 강철두를 통해서 판보어가 강여운에게 마음이 있다는 걸 확인했다.

강철두는 순순히 대답했다.

"그렇다고 하더군요. 하지만 특별히 눈에 거슬리는 수준은 아닙니다."

심지어 강철두뿐만이 아니라 민봉팔도 판보어가 강여운에게 관심이 있다는 걸 알았다.

주기적으로 현장을 찾아 상황을 면밀하게 분석하는 두 사람의 시선에 이러한 사실이 포착되지 않을 리가 없었다.

하지만 당연히 강여운은 판보어에게 전혀 관심이 없었고 판보어가 강여운에게 관심을 표현하는 방법도 지저분하지 않아 정호에게는 두 사람 다 해당 사실을 숨겼다.

괜한 걱정을 끼칠 필요가 없다고 두 사람이 판단하고 합의한 것이다.

'두 사람의 판단은 옳았지. 이런 일은 생각보다 흔하니깐. 실제로 〈레드, 월 스트리트〉의 당시에도 많은 배우들이 여운이에게 호감을 가졌으니까.'

그래서 정호도 강철두에게 사실 여부를 확인할 때까지만 해도 별생각이 없었다.

그저 조금 상황이 재밌게 돌아간다고 생각했을 뿐이었다.

강여운도 판보어를 전혀 안중에 두지 않은 듯했고.

'하지만 상황이 달라졌지. 판보어의 감춰진 그림자를 확인하면서……'

민봉팔, 강철두는 단순히 판보어가 현장에서 강여운에게 어떻게 접근하는지 확인하는 데에만 그치지 않았다.

　양 팀장의 라인을 활용하여 판보어에 대한 정보를 확보했다.

　그리고 이를 통해 알 수 있었다.

　판보어가 같이 작품을 하는 여배우와 반복적으로 열애설 기사를 내왔다는 사실을.

　'허점을 파고드는 상당히 치졸한 방법이다. 작품 중에 열애설을 일부러 내다니.'

　같이 작품을 하는 동안에는 열애설을 전면으로 부인하기가 힘들었다.

　열애설을 적극적으로 부인하기 위해 '사실 같이 작품을 했지만 별로 친하지는 않다. 그냥 작품을 함께하는 동료일 뿐.' 같은 기사를 냈다간 배우로서 호흡을 맞추기가 어려워질 수 있었다.

　또한 동시에 시청자의 작품에 대한 몰입을 방해할 가능성이 무척이나 컸다.

　그런 까닭에 작품을 하는 동안에는 열애설이 나와도 해당 사실을 딱 잘라 부인하기보다는 모호한 답변을 내놓는 편이었다.

　'그런 까닭에 우리도 일단 모호한 의미의 기사를 내보냈다. 판보어의 소속사가 저런 식으로 한술 더 뜨는 행동을

할 줄은 몰랐지만.'

이게 판보어가 평범한 연기력을 갖고 있음에도 불구하고 중국에서 열 손가락 안에 드는 배우로 성장할 수 있었던 원동력이었다.

판보어는 자신보다 인기가 많은 여배우와 지속적으로 스캔들을 내서 스스로의 가치를 높여왔던 것이다.

'이 정도는 이용당해 줄 수 있다. 하지만 다른 얘기가 진짜라면 곤란해.'

정호가 생각을 정리하고 있을 때 민봉팔이 슬쩍 말을 꺼냈다.

"그나저나 그 소문이 사실일까?"

민봉팔이 무슨 말을 하는지 바로 깨달을 수 있었다.

그게 바로 현재 정호가 걱정을 하는 부분이었기 때문이었다.

판보어와 관련된 소문은 여배우와의 열애설로 입지를 다진다는 것 외에도 하나 더 있었다.

그것은 다름 아닌 판보어가 열애설이 난 여배우와 반드시 연애를 시작한다는 소문이었다.

'그냥 단순한 방법이 아니다. 약을 쓰는 등 정신을 잃게 하고 여배우를 강간하여 연애를 시작한다는 것이었지.'

이 소문이 사실일 가능성은 낮았다.

양 팀장에게 해당 정보를 넘긴 사람도 이 소문의 신빙성이 낮다는 걸 인정했다.

하지만 그럼에도 불구하고 신경 쓰지 않을 수가 없는 부분이었다.

그사이 강철두가 정호의 눈치를 보면서 말했다.

"소문이 사실은 아닐 겁니다. 혹여 사실이라고 해도 여운 양에게 그런 짓을 할 수 있을 리가 없죠. 지금까지 함께 작품을 했던 배우들과는 위상부터가 다르니까요."

맞는 말이었다.

실제로 촬영장에서도 강여운과 대화를 쉽게 나눌 수 있는 사람은 한정됐다.

물론 강여운은 배우, 스태프 가릴 것 없이 모든 사람들에게 친절했다.

하지만 다들 알아서 강여운에게 조심하는 경향이 있었다.

강여운의 입지가 그만큼 대단했기 때문이었다.

정호가 고개를 끄덕이며 긴 침묵을 깨고 입을 열었다.

"확실히 여운이에게 함부로 접근할 수 없겠지. 하지만 그렇다고 해서 아예 손 놓고 있을 수는 없어."

민봉팔이 물었다.

"그럼 어쩔 건데?"

정호가 신중하게 고민하고 있던 방법을 두 사람에게 전했다.

"음…… 내가 생각해 봤는데……."

◇ ◆ ◇

다음 날.

정호는 〈사랑해, 붉은 달〉 촬영장으로 향했다.

하지만 그 모습이 평범하지 않았다.

평소 말끔하게 세미 정장을 빼입던 모습과는 전혀 달랐다.

두꺼운 옷으로 몸을 감쌌고 심지어 알이 두꺼운 안경을 썼다.

머리 모양 또한 평소와는 다른 올백 스타일이었으며 금발로 염색까지 했다.

그러자 정호는 전혀 다른 사람으로 보였다.

평소의 이미지와 너무나도 달랐기 때문이었다.

민봉팔이 조수석에 앉아 있는 정호에게 물었다.

"너 정말 그러고 촬영장에 갈 거야?"

정호가 대답 대신 고개만 까닥였다.

목소리를 변조할 방법이 없어서 정호는 최대한 말을 아끼기로 했고 그걸 실천하는 중이었다.

그런 정호의 모습을 보며 민봉팔이 혀를 내둘렀다.

"사랑이 정말 대단하긴 하구나…… 천하의 컬쳐 필드 총대표가 이런 모습을 한 채 촬영장을 찾아가다니……."

발끈한 정호가 한마디 쏘아붙이려다가 자신의 변장 콘셉트를 깨닫고 민봉팔의 허벅지를 꼬집었다.

민봉팔이 비명을 질렀다.

"아아아아! 아파! 아프다고!"

정호가 고민 끝에 변장을 선택한 이유는 간단했다.

자신의 눈으로 촬영 현장을 감시하고 싶었기 때문이었다.

하지만 그냥 현장으로 갈 수는 없었다.

앞서 언급한 바가 있듯이 〈사랑해, 붉은 달〉 촬영장에 정호가 상주하면 배우들과 스태프들이 부담감을 느낄 수 있었다.

그런 까닭에 정호로서는 배우들과 스태프들에게 부담을 주지 않고 현장을 감시할 수 있는 방법이 필요했다.

그리고 그렇게 나온 것이 변장이라는 방법이었다.

'흔하지는 않지만 종종 이렇게 투자처 쪽 대표가 변장을 하고 촬영장을 찾는 경우가 있지. 자신이 투자한 드라마가 어떻게 만들어지는지 지켜보고 싶은 마음이 이상한 건 아니니깐. 하지만 변장 방법이 좀 과하긴 했나?'

정호는 고민하다가 손을 뻗어 뒷좌석에 던져져 있는 민봉팔의 캡모자를 집었다.

그러고는 캡모자를 썼다.

민봉팔이 그 모습을 보면서 안도의 한숨을 쉬었다.

"그래, 그나마 그게 낫다. 안 걸리게 변장하는 것도 중요하지만 혹시라도 걸렸을 때 부끄럽지 않은 것도 중요하지."

정호가 그렇게 말하는 민봉팔을 째려봤다.

그 시선에 화들짝 놀라며 민봉팔이 오버했다.

"꼬집지 마! 아프다고오오오!"

아까 꼬집힌 게 어지간히도 아팠던 모양이었다.

◇ ◆ ◇

한창 촬영 준비로 분주한 〈사랑해, 붉은 달〉의 현장.

다행히 정호를 알아보는 사람은 없었다.

어찌 보면 당연한 일이었다.

국적이 다른 현장 스태프의 숫자가 수백이었다.

그러다 보니 얼굴을 전부 기억하기가 거의 불가능했다.

게다가 중국 쪽 스태프 중에서 종종 스타일이 개성적인 사람들이 있었다.

그 덕분에 정호의 금발 정도는 굉장히 평범해 보였다.

캡모자를 쓰고 있기도 했고.

민봉팔이 정호에게 작은 소리로 물었다.

"난 이대로 컬처 필드 소속의 배우들이랑 스태프들한테 인사하러 갈 건데, 넌 어쩔래?"

정호가 대답 대신 고개를 저었다.

혼자만 가서 인사하라는 뜻이자 자신을 혼자 내버려 두라는 뜻의 고갯짓이었다.

민봉팔이 말했다.

"그냥 평소처럼 말해도 널 알아볼 사람은 없을 것 같은데…… 어쨌든 알겠어. 이따 보자."

그렇게 민봉팔이 스태프들 사이로 사라졌다.

정호는 그런 민봉팔의 뒷모습을 지켜보다가 현장을 기웃거리기 시작했다.

그러면서 슬금슬금 판보어가 대기 중인 장소로 이동했다.

그때였다.

현장 지시를 내리던 이 PD가 정호에게 다가왔다.

"어이고! 오늘은 어떠세요? 식사 잘하고 오셨나요?"

매니지먼트의 제왕

8장. 들통난 진실

'걸린 건가……?'

정호가 식은땀을 흘리며 속으로 생각할 때 이 PD가 정호의 앞으로 다가왔다.

그러더니 말했다.

"어? 조명팀 채백현 씨가 아니네요? 아이고, 사람을 잘못 봤습니다."

이 PD의 말을 듣고 정호가 안도의 한숨을 내쉬었다.

하지만 아직 상황이 끝난 것은 아니었다.

"그런데 처음 보는 얼굴 같은데 어느 팀이시죠?"

뭐라고 답을 해야 할지 몰라 순간 말문이 막힌 정호가

가만히 눈만 껌뻑였다.

그러자 이 PD가 지레짐작하며 입을 열었다.

"아아, 중국분이시구나. Nin shi Zhongguorenma(중국 사람인가요)?"

정호가 고개를 끄덕이며 답했다.

"shi de, shi zhongguo ren(네, 중국인입니다)."

이 정도의 간단한 회화는 대충 원어민의 흉내를 낼 수 있는 정호였다.

이 PD도 속아 넘어갔는지 가까이 있던 통역사를 불러서 대신 말하게 했다.

"몰라 봬서 죄송합니다, 라고 전해 주세요."

통역사가 중국어로 이 PD의 말을 전했다.

정호가 고개를 끄덕였고 그 모습을 지켜본 이 PD가 미소를 한 번 짓더니 안심한 표정으로 자리를 떴다.

괜히 민망했는지 조연출을 다그치면서.

"호담아! 아직도 준비 안 끝났냐!"

그 모습을 보면서 정호가 생각했다.

'휴…… 아슬아슬했군.'

그때 이 PD의 말을 대신 전달해준 통역사가 정호에게 말을 걸었다.

한국인이지만 통역사라서 그런지 정호의 중국어 발음에 위화감이 들었던 모양이었다.

"그런데, 정말 중국인이에요?"

통역사의 물음에 정호는 검지를 입술에 갖다 대며 말했다.

"쉿!"

그런 뒤 호주머니에서 자신의 명함 하나를 슬쩍 꺼내 건넸다.

의아함을 감추지 못한 채 명함을 받아본 통역사는 당연히 깜짝 놀랐다.

"총 대표님?"

정호가 다시 한 번 검지를 입술에 갖다 댔다.

"쉿, 비밀로 해줘요."

그러자 통역사가 자신의 입을 틀어막으며 고개를 끄덕였다.

정호는 그런 통역사를 모른 척하며 다른 곳으로 자리를 옮겼다.

정호가 자리를 옮긴 지 한참 후, 통역사가 중얼거렸다.

"총 대표님의 스타일이…… 많이 독특해지셨네."

이후의 상황은 순조로웠다.

아무도 정호를 알아보는 사람이 없었다.

경각심을 느낀 정호가 자연스럽게 스태프들 사이에 녹아

든 것이 주효했다.

정호는 조명을 옮기고, 짐을 치우고, 도시락을 나르며 한 명의 스태프처럼 행동했다.

그 결과, 아무한테도 걸리지 않고 판보어의 대기실 쪽으로 자리를 옮길 수 있었다.

도착한 장소는 컨테이너 건물로 개인 분장실 겸 대기실로 쓰이는 곳이었다.

〈사랑해, 붉은 달〉의 주연 배우들은 개인 분장실 겸 대기실을 모두 가지고 있었다.

개인 분장실 겸 대기실이라고 해 봐야 컨테이너 건물에 불과했지만 이런 시설을 혼자 쓰는 것만으로도 다행이었다.

지나가는 사람1 정도의 역할을 맡은 조연 배우들은 밖에서 분장을 받는 일도 허다했기 때문이었다.

'컬쳐 필드의 중국 지부는 이런 부분까지도 고려하여 설계를 했지. 적어도 조연 배우들이 밖에서 분장을 받는 일은 없을 거다. 비좁더라도 실내에서 분장을 받겠지.'

잠복을 하는 와중에도 이런 생각을 하는 정호였다.

어쨌든 판보어가 대기하고 있는 컨테이너 건물로 다가가는 데 성공한 정호는 컨테이너 건물의 창문 바로 아래에 자리를 잡았다.

안쪽의 상황이 어떻게 돌아가는지 엿듣기 딱 좋은 자리였다.

그 자리에 숨을 죽이고 앉아 있자 창문 너머로 안쪽의 얘기가 들려왔다.

먼저 들려온 것은 판보어의 목소리였다.

"지겹다, 지겨워. 분장을 2시간이나 받고도 이렇게 대기를 해야 하다니……."

판보어 매니저의 것인 듯한 목소리가 대꾸했다.

"조금만 참자. 이제 촬영도 거의 막바지잖아."

매니저의 말에 판보어가 발끈했다.

"누가 막바지인 거 몰라? 짜증나서 그러는 거지. 촬영 막바지로 갈수록 내 분량은 자꾸 잘려 나가고, 진씨아오 그 새끼 분량은 계속 늘어가기만 하고. 씨발! 솔직히 막말로 진씨아오, 그 새X가 그렇게 연기를 잘해? 어디 이름도 없는 놈이 튀어나와서 거슬리게."

실력과 명성을 떠나서 판보어의 인성을 알 수 있는 대목이었다.

정호가 판보어의 얘길 들으며 생각했다.

'쯧쯧…… 같이 호흡을 맞추는 동료를 저렇게 생각하고 있으니 당연히 좋은 연기가 나오지 않지…….'

정호가 연기에 대해서 잘 아는 것은 아니었다.

하지만 매니저로서 다양한 배우들과 함께한 만큼 인성과 태도가 연기에 얼마나 영향을 끼치는지는 모르려고 해도 모를 수가 없었다.

성격 좋은 배우가 좋은 배우인 것은 아니지만 좋은 배우가 되는 밑거름 정도는 됐다.

물론 예외도 있었지만.

매니저가 어색하게 웃으며 판보어를 달랬다.

"하, 하하. 그래. 확실히 진씨아오를 사람들이 너무 띄워 주긴 하지. 안 그래도 요즘 네가 스트레스를 많이 받은 거 같아서 좋은 자리 마련해 놨다."

매니저의 말에 판보어가 반응했다.

"오호~ 오랜만에 즐겁게 술 한잔하는 건가? 예쁜 애들 많은 데로 잡은 거지? 어디야? 로한? 송림?"

매니저가 대꾸했다.

"송림."

판보어가 후후후, 하고 낮게 웃으며 말했다.

"제대로 놀겠구만. 송림이라면 왕치란은 잘 있으려나? 내 손길이 그리워서 잠을 못 이뤘을 것 같은데……."

두 사람의 대화를 들으며 정호가 치를 떨었다.

'분장팀 직원이랑 코디, 다른 매니저들도 있는 자리일 텐데 저런 얘기를 한다고? 심각하군…….'

정호는 몰래 자리를 벗어났다.

계속 대화를 엿듣고 있다간 화를 참지 못할 것 같았기 때문이었다.

◇ ◆ ◇

한동안 아무 일도 없었다.

촬영장 분위기는 여전히 좋았고 겉으로는 판보어도 속마음을 잘 드러내지 않았다.

그에 반해 〈중화의 돈〉 쪽은 정호의 예상대로 흔들리기 시작했다.

1, 2화 이후 꾸준히 상승하던 시청률은 7, 8화를 기점을 꺾였고 기세를 회복하지 못했다.

거기에 그치지 않고 왕 감독과 배우들 사이에 불화가 있다는 소문까지 기사화되면서 〈중화의 돈〉은 위기에 내몰렸다.

그에 따라 여론도 〈중화의 돈〉에서 등을 돌리기 시작했다.

[솔직히 11화는 눈 뜨고 보기 힘들 정도의 퀄리티였다ㅇㅇ]

[왕궈 감독을 너무 믿었나 봄ㅋㅋㅋ 이딴 수준으로 떨어지다니ㅋㅋㅋㅋ]

[영화만 찍던 감독이라서 그런가?ㅋㅋㅋㅋㅋㅋ 드라마 현장 속도를 못 따라간다는 인상을 지울 수 없네ㅋㅋㅋㅋ]

[그나저나 왕궈 감독이랑 배우들이랑 한판 했다는 소문이 있던데, 사실임?ㅋㅋㅋ]

[사실임ㅋㅋㅋㅋ 내가 아는 사람이 〈중화의 돈〉 조연 배우 인데 주먹다짐까지 했다고 들었음ㅋㅋㅋㅋ]

[누구랑?ㅋㅋㅋㅋ]

[한국 배우랑 붙었다는 거 같던데?ㅋㅋㅋㅋ]

[아ㅋㅋ 그럴 줄 알았다ㅋㅋㅋ 한국인들이 무슨 중국에 와서 드라마를 찍는다고ㅋㅋㅋㅋ]

[한국인들 더러운 짓 하는 거 하루 이틀이냐?ㅋㅋㅋㅋ 왕궈 감독도 한국인이 망친 거구나ㅋㅋㅋ]

[근데 한국 배우랑 붙은 건 왕궈 감독 잘못일걸?ㅋㅋㅋ 대본도 안 주고 배우들 엄청 굴렸다던데?ㅋㅋㅋㅋ]

[〈중화의 돈〉 주연 배우 랑파랑 SNS 보면 **빡쳤다는** 듯한 뉘앙스로 계속 글 올렸음ㅋㅋㅋㅋ]

[맞네ㅋㅋㅋㅋ 랑파랑도 왕궈 감독 싫어하는 거 보면 확 실히 왕궈 감독의 문제인 듯ㅋㅋㅋ]

[왕궈 감독이 무슨 죄야ㅋㅋㅋ 애초에 이런 식으로 연출 과 각본을 캐스팅한 제작사 쪽 문제지ㅋㅋㅋㅋ]

[나도 투피안이랑 미네르바가 악수를 두었다고 생각하는 편임ㅋㅋㅋ]

[솔직히 〈중화의 돈〉 13화가 보고 싶지 않다ㅋㅋㅋ 이거 끝까지 찍을 수나 있는 거냐?ㅋㅋㅋㅋ]

[찍긴 하겠지ㅋㅋㅋ 개판이겠지만ㅋㅋㅋㅋ]

댓글을 끝까지 전부 살펴봤지만 정호의 표정은 큰 변화가 없었다.

단순히 기뻐하기만 할 일은 아니었기 때문이었다.

'경쟁 상대인 미네르바가 무너진 것은 다행이다. 하지만 그렇다고 해서 〈사랑해, 붉은 달〉이 잘되리라는 법은 없어. 자칫 잘못하면 〈사랑해, 붉은 달〉도 〈중화의 돈〉과 같은 수순을 밟을 수도 있다.'

촬영장 분위기도 좋고, 노 작가도 성실하게 작품을 쓰고 있었으며, 판보어를 제외하면 주연 배우들도 연기를 잘해주고 있었지만 뚜껑을 열어보기 전까지 흥행 여부를 알 수 없는 게 드라마였다.

방심은 금물이었다.

그렇게 정호가 마음을 다잡고 있을 때 누군가 정호의 어깨를 두드렸다.

〈사랑해, 붉은 달〉의 한국인 스태프였다.

스마트폰을 들여다보고 있던 정호가 고개를 돌리자 한국인 스태프가 말없이 한쪽을 가리켰다.

아무런 대화도 주고받지 않았지만 촬영 장비 옮기는 걸 도와 달라는 뜻이라는 걸 알 수 있었다.

한국인 스태프가 가리키는 곳에서는 여러 명의 스태프가 한창 촬영 장비를 옮기느라 끙끙 대고 있었기 때문이었다.

정호가 고개를 끄덕인 뒤 그곳으로 갔다.

〈사랑해, 붉은 달〉의 촬영을 무사히 끝내는 게 우선이었다.

그러려면 이렇게 계속 판보어가 특이 행동을 벌이지 않는지 감시할 필요가 있었다.

◇ ◆ ◇

〈사랑해, 붉은 달〉의 마지막 촬영 날이 밝았다.

리치앙의 군대를 도와 리차오의 반란군을 제압한 적태산은 리치앙에게 오른팔로 남아주기를 요청받지만 이를 거절한다.

"한 여자의 남자로 남는 것이 저의 꿈입니다. 저를 놔주십시오."

리치앙은 이런 적태산의 요청을 받아들인다.

"좋다. 그렇다면 떠나라. 어디든 내가 너희 두 사람을 갖고 싶어 하지 않을 곳에서 행복해라."

그렇게 적태산은 이서령과 함께 조선으로 향한다.

그리고 조선으로 향하며 두 사람이 앞으로의 행복을 다짐하는 것이 바로 〈사랑해, 붉은 달〉의 마지막 장면이자 마지막 촬영이었다.

백민후, 강여운은 마지막 촬영을 위해 감정을 다잡고 있었다.

정호는 먼발치에서 스태프의 모습으로 두 사람의 촬영을 기다렸다.

정호뿐만이 아니라 전 스태프와 배우들이 〈사랑해, 붉은 달〉 마지막 촬영을 기다리고 있었다.

마침내 이 PD가 사인을 줬고 그와 함께 마지막 촬영이 시작됐다.

이서령이 조선 땅이 한눈에 내려다보이는 언덕을 뛰어오르며 말했다.

"이보세요, 장군님. 저길 봐요. 저쪽에 내가 살던 고향이 있어요."

이서령의 손에 이끌려 언덕으로 올라온 적태산이 말없이 조선 땅을 눈에 담았다.

그러더니 천천히 입을 열었다.

"저기구려. 우리가 함께할 곳이."

적태산이 고개를 돌리며 이서령을 바라봤고 이서령도 적태산을 올려다봤다.

그렇게 서로를 마주 보는 상황.

적태산이 성큼, 이서령에게 다가갔다.

"그렇다면 부탁 하나 해도 되겠소?"

이서령이 물었다.

"무슨 부탁이요?"

적태산이 대답 없이 천천히 이서령에게 입술을 가져갔다.

그리고 입술이 닿을 듯 말 듯 할 때 말했다.

"나를 이제 이렇게 불러주시오. 장군이 아닌, 적태산."

그렇게 다시 키스를 시작하려는 순간, 이 PD가 외쳤다.

"오케이!"

그 순간, 숨이 막힐 듯한 정적이 깨지면서 배우들과 스태프들로부터 환호성이 터져 나왔다.

"끝났다!"

"와아!"

"수고하셨습니다!"

드디어 〈사랑해, 붉은 달〉의 촬영이 끝난 것에 대한 시원섭섭함이 묻어나는 환호성이었다.

무사히 촬영이 끝났다.

이제 〈사랑해, 붉은 달〉의 방영만이 남아 있었다.

9장. 〈사랑해, 붉은 달〉 종방연

정호는 환호성을 지르는 스태프들 사이에 있다가 슬그머니 현장을 벗어났다.

컬처 필드의 총 대표로서 저녁에 있을 종방연에 참석하려면 변장을 풀어야 했기 때문이었다.

무엇보다도 염색을 다시 할 필요성이 있었다.

'배우들이야 인사를 나눈 뒤 저녁에 있을 종방연 때까지 각자의 방식대로 쉬거나 스케줄을 소화하면 되지만 스태프들은 아니다. 촬영 현장을 수습하고 정리하는 데에만 시간이 다 갈 거야.'

그랬기 때문에 정호는 사람들이 정신이 팔려 있을 때

현장을 빠져나온 것이었다.

괜히 그대로 있다간 꼼짝없이 잡혀서 종방연 때까지 현장 정리만 해야 했다.

정호는 다행히 현장을 별 무리 없이 빠져나왔고 그길로 바로 다시 염색을 하러 갔다.

잠시 후, 염색이 끝나고 컬쳐 필드의 총 대표로 다시 돌아온 정호가 거울을 보며 의상을 점검했다.

그때였다.

강여운으로부터 전화가 걸려왔다.

정호가 전화를 받았다.

"응, 여운아."

수화기 너머로 장난기 어린 목소리가 넘어왔다.

"후후후. 현장 정리 안 하시고 어딜 가셨나요. 현장 스태프님."

그랬다.

강여운은 정호가 〈사랑해, 붉은 달〉의 스태프로 변장을 했다는 사실을 알고 있었다.

어차피 숨길 수도 없는 사실이었다.

강여운과 마찬가지로 정호는 거의 하루 종일 〈사랑해, 붉은 달〉 현장에만 있어야 했고 저녁에는 금발로 염색을 한 상태로 강여운을 만나야 했기 때문이었다.

그런 까닭에 정호는 강여운에게 변장을 한 채 〈사랑해,

붉은 달〉 현장을 살펴보고 있다고 순순히 고백할 수밖에 없었다.

동시에 촬영 현장을 살펴보는 이유가 판보어 때문이라는 것도 솔직하게 말했다.

정호의 얘길 듣고 강여운이 말했다.

"그런 사정이 있었군요…… 잘됐네요. 오빠가 제 연기를 봐줬으면 좋겠다고 생각했는데."

정호가 마음을 써 주는 강여운을 보며 대꾸했다.

"그렇게 생각해줘서 고마워. 괜히 내가 지켜보고 있으면 부담스러울 텐데……."

강여운이 고개를 저으며 답했다.

"아니에요. 오히려 전 좋다니까요. 게다가 오빠가 그렇게 하는 건 다 나 잘되고, 우리 작품 잘되라고 그러는 거잖아요. 이해해요."

정호가 다시 한 번 고맙다고 말했다.

"이해해줘서 고마워."

그러자 어색한 분위기를 바꾸려는 듯 강여운이 장난기 어린 목소리로 덧붙여 입을 열었다.

"후후후. 그리고 걱정 말아요. 전 산전수전 공중전까지 겪은 프로잖아요. 이런 일에 연기가 흔들릴 리 없죠."

어쨌든 그렇게 강여운은 정호가 〈사랑해, 붉은 달〉 촬영장에 함께한다는 걸 알았다.

하지만 호언장담대로 강여운은 흔들리지 않았다.

오히려 정호가 없다는 듯 아주 자연스럽게 자신만의 연기를 펼쳐 나갔다.

산전수전 공중전까지는 아니지만 굵직한 작품들을 통해 경력을 꾸준히 쌓아온 강여운다운 연기 내공이었다.

물론 그렇다고 아예 강여운이 정호를 신경 쓰지 않은 것은 아니었다.

'여운이 말로는 스태프가 너무 많아서 나를 찾을 수도 없다고 했지만 종종 현장에서 눈이 마주친 경우가 있었지. 그때마다 아닌 척 연기하는 게 어찌나 웃기던지.'

그렇게 생각을 정리하며 미소 짓던 정호가 수화기 너머의 강여운에게 대꾸했다.

"다시 컬쳐 필드 총 대표로 돌아오기 위해서 스타일링을 받았지요. 그러는 주연 배우님은 어디 계신가요?"

강여운이 답했다.

"저는 지금 숙소로 돌아가서 조금 쉬려고 합니다. 종방연 때 신나게 달리려면 조금이라도 쉬어야죠. 오빠는 스케줄 있다고 했죠?"

정호가 슬쩍 시간을 확인한 뒤 입을 열었다.

"응. 특별한 스케줄은 아니고 그동안 컬쳐 필드 중국 지부 건설 현장에 나가 보지 못 했으니까. 오랜만에 직접 가서 눈으로 보려고."

◇ ◆ ◇

정호는 하기진과 함께 건설 현장을 살폈다.

컬쳐 필드 중국 지부 건립은 40퍼센트 정도가 완료된 상태였는데 딱히 문제가 되는 부분은 없어 보였다.

한눈에 보아도 충칭을 통해 소개받은 믿을 만한 업체의 건설 인부들이 부지런히 움직이고 있었다.

정호가 건설 인부들의 움직임을 살피며 하기진에게 물었다.

"어떻습니까? 다들 잘해 주고 있나요?"

어느새 얼굴이 까맣게 탄 하기진이 고개를 끄덕이며 대답했다.

"다들 무척 잘해 주고 있습니다. 워낙 허술한 공사로 유명한 중국 쪽 인부들이라 걱정했는데 충칭 쪽에서 제대로 된 업체를 소개해 준 모양입니다."

다행이었다.

정호도 그 부분을 걱정하고 있었기 때문이었다.

정호가 고개를 끄덕이며 대꾸했다.

"건설 인부들의 처우에 신경 써 주세요. 인건비가 싸다고 해서 인권의 가격까지 싼 것은 아니니까요."

하기진이 빙그레 웃으며 답했다.

"물론이지요."

정호가 덧붙여 말했다.

"그리고 기진 씨도 몸조리 잘하세요. 나 때문에 여기까지 따라오느라 고생이 많아요."

언제나 정호가 주변 사람을 챙기는 데 인색하지 않다는 걸 다시금 깨달으며 하기진이 대꾸했다.

"걱정 마세요. 저는 잘 지내고 있습니다. 여기서 하는 사업들도 꽤나 흥미롭고요."

아닌 게 아니라 제 버릇 남 못 준다고 하기진은 중국 지부를 건립하면서도 자잘한 사업을 벌이고 있었다.

그중에는 꽤 큰 건도 있어서 적지 않은 수입을 벌어다 주는 중이었다.

정호는 그 사실을 떠올리며 말했다.

"그래요. 기진 씨가 그렇다면 그런 거겠죠. 저는 기진 씨를 믿습니다."

그렇게 정호는 건설 현장을 지켜보다가 〈사랑해, 붉은 달〉의 종방연이 열리는 장소로 향했다.

종방연 장소는 굉장히 떠들썩했다.

온통 술집으로 된 3층짜리 건물을 빌린 것도 모자라 근처의 다른 술집까지 〈사랑해, 붉은 달〉의 배우들과 스태프들이 차지한 상황이니 어쩔 수 없었다.

간혹 조용히 앉아서 술만 먹는 사람들도 있었지만 시끄럽게 떠드는 사람이 더 많으니 종방연 자리는 북적북적했다.

정호는 주연 배우들과 충쳉의 주요 인사 등이 모여 있다는 3층으로 곧장 향했다.

그러자 강여운을 포함한 주연 배우들과 이 PD, 노 작가, 충쳉의 주요 인사가 함께 앉아 있는 테이블이 안쪽으로 보였다.

정호를 가장 먼저 발견한 노 작가가 손을 흔들며 외쳤다.

"이쪽이에요, 총 대표님!"

정호는 자연스럽게 그 자리로 합류했다.

매니저들이 모여 있는 자리나 주조연급 배우들이 모여 있는 자리 등이 있었지만 정호에게 자리를 권하는 사람은 없었다.

정호가 앉을 곳이 정해져 있다는 걸 모두가 알고 있었다.

보통 종방연에서 다른 사람들은 편하게 끼리끼리 앉았지만 주연 배우와 연출, 작가, 투자처 직원은 함께 앉는 편이었다.

이건 중국에서도 예외가 없는 풍습이었다.

예외가 있다고 해도 연출가가 한국 사람인 이 PD였기 때문에 이렇게 앉았을 테지만.

정호가 자리에 도착하자 사람들이 정호에게 인사를 건넸다.

가장 빨리 정호를 발견한 노 작가가 인사도 먼저 했다.

"왜 이제야 오셨어요. 1차로 먹은 소고기도 무척이나 맛있었는데."

정호가 노 작가의 말을 받았다.

"그랬습니까? 1차는 소고기였군요. 중국까지 왔는데 소고기라니 너무 한국식인 거 아닌가요?"

이 PD가 끼어들며 대꾸했다.

"한국인 PD가 연출을 맡았는데 어쩔 수 없죠. 자, 그러지 말고 술부터 받으세요."

그렇게 이 PD의 술을 받으면서 정호는 중국의 주요 인사들, 진씨아오, 왕쉬팡, 백민후, 정서정과 눈인사를 나눴다.

그때 얼핏 정서정의 눈빛에서 걱정스러움이 묻어나는 걸 정호가 느꼈다.

정서정이 고갯짓을 했다.

고갯짓을 따라가 보니 그곳에는 강여운에게 치근덕대는 판보어의 모습이 보였다.

정호의 이마에 저절로 힘이 들어갔다.

◇ ◆ ◇

"여운 양은 어떻게 그렇게 연기를 잘하는 거예요? 비법이 뭡니까? 따로 알려줄 수 없나요?"

치근덕대고 있긴 했지만 말릴 만한 수위는 아니었다.

그냥 계속 중국어로 말을 거는 수준이었다.

강여운은 건성건성 단답형으로 판보어의 말에 대꾸를 해주고 있었고.

하지만 그것만으로도 충분히 정호의 짜증을 유발할 만했다.

특히 판보어에 대한 안 좋은 소문이 도는 상황이라 더더욱 그랬다.

결국 참지 못하고 한마디 말을 하려는 순간, 정호는 강여운과 눈이 마주쳤다.

뭔가 낌새를 알아차린 강여운이 먼저 선수를 쳤다.

그것도 한국어로.

"야, 자꾸 이런 식으로 치근덕거릴래? 같은 배우라고 말을 받아주니깐 기분 좋아? 엉? 연기라도 잘하면 내가 말을 안 해, 진짜."

강여운은 속사포로 판보어에게 이렇게 말한 뒤 자리를 옮겼다.

당연히 강여운의 말을 알아들을 리 없는 판보어는 영문을 모른 채 멍하니 앉아 있었다.

심지어 근처에는 강여운의 말을 대신 전해 줄 통역사도 없었다.

통역사들은 통역사들끼리 자리를 마련해서 종방연을 즐기고 있었기 때문이었다.

그 모습을 보며 이 PD를 비롯한 한국인들이 키득거리기 시작했다.

그들 입장에서도 강여운에게 치근덕거리는 판보어가 좋게 보였을 리 없었다.

위상이나 명성의 차이 때문이 아니라 싫다고 하는 사람에게 추잡하게 구는 행동이 곱게 보이지 않았던 것이었다.

옆에 있던 다른 중국 배우들과 충청의 주요 인사들조차도 대충 돌아가는 상황을 깨닫고 키득거렸다.

그러자 결국 뒤늦게 상황을 파악한 판보어의 얼굴이 붉어졌다.

그 모습을 보고 이 PD가 분위기를 수습하기 위해 잔을 들었다.

"자, 총 대표님도 왔는데 짠 한 번 해야죠. 술잔을 드세요! 건배합시다!"

이 PD의 말을 알아듣고 모두가 잔을 높이 들었다.

중국 배우들과 충청의 주요 인사들도 잔을 높이 들고 건배에 동참했다.

그렇게 분위기가 수습됐다.

사람들은 아무 일도 없었던 것처럼 즐겁게 마시고 시끄럽게 떠들었지만 조금 뒤 판보어가 자리를 떴다.

민망해서 도저히 앉아 있을 수가 없었던 모양이었다.

◇ ◆ ◇

판보어가 가고 나서 강여운이 자리로 돌아왔다.

그사이 술이 조금 더 오른 사람들은 강여운의 귀환을 격하게 환영했다.

특히 이 PD의 흥이 무척이나 올라 있었다.

"악당을 물리치고 귀환한 여운 양을 위해 건배를 합시다!"

그렇게 술의 순배가 계속 돌아가면서 이 PD는 완전히 녹다운이 됐다.

술주정이 같은 말을 반복하는 것인지 이 PD가 고개를 처박은 채 중얼거렸다.

"악당을 물리친 여운 양을 위하여 건배……. 종방연을 위해 중국으로 건너온 노 작가님을 위하여 또 건배……."

이 PD가 취하면서 자연스럽게 종방연 2차는 마무리 분위기가 되었다.

정호와 이번 작품의 결말에 관해서 대화를 나누고 있던 노 작가가 말했다.

"이제 슬슬 일어나야겠네요."

정호가 물었다.

"벌써요? 중국에서 여기까지 오셨는데 술자리를 더 즐기셔야죠."

노 작가가 이 PD를 가리키며 말했다.

"같이 즐겨줘야 할 PD님이 저 모양인데 어떻게 더 즐기겠어요. 저는 같이 중국으로 날아온 보조 작가들이랑 한잔 더 하려고요. 총 대표님도 같이 가실래요?"

정호가 슬쩍 강여운을 바라본 뒤 대꾸했다.

"저는 들어가 봐야죠. 총 대표가 빠져줘야 다른 분들도 마음 놓고 3차를 즐기실 테니까요."

노 작가가 미소를 지으며 답했다.

"꼭 그렇지만도 않은데…… 저희 보조 작가들이 전부 총 대표님을 엄청 좋아하거든요. 특히 저희 퍼스트가 총 대표님의 무척이나 팬이에요. 나중에 총 대표님 얘기를 드라마로 써 보고 싶다고. 하지만 총 대표님이 뜻이 그렇다면 어쩔 수 없죠."

결국 이 PD가 풀썩 쓰러져 코를 골며 졸기 시작했고 조연출 두 사람이 이 PD를 데리고 갔다.

그런 식으로 2차가 정리됐다.

정호는 어수선하게 2차가 정리되는 틈을 타 강여운에게
다가갔다.

"한잔 더 할래?"

두 사람은 2차 자리를 빠져나와 숙소 근처의 이탈리안 레스토랑으로 향했다.

처음 두 사람이 사귀게 된 바로 그 장소였다.

방이 따로 나눠져 있고 분위기도 좋아서 두 사람이 광저우에서 누구보다 애용하는 곳이기도 했다.

걷기도 애매한 거리고 음주 운전도 할 수 없어서 택시를 잡아탔다.

택시를 타고 이동하던 중 정호가 강여운에게 물었다.

"어때? 〈사랑해, 붉은 달〉의 마지막 촬영을 무사히 끝낸 기분이?"

강여운이 대답했다.

"특별하죠. 모든 작품들이 저에게 특별한 기억으로 남아 있는 것처럼 〈사랑해, 붉은 달〉도 특별한 기억으로 이미 자리를 잡았어요."

정호가 고개를 끄덕였다.

확실히 〈사랑해, 붉은 달〉은 특별할 만했다.

중국 배우들, 스태프들과 동고동락을 하며 드라마를 찍는다는 게 흔한 일은 아니었기 때문이었다.

게다가 어떤 드라마보다 〈사랑해, 붉은 달〉은 규모가 큰 드라마였다.

리치앙과 리차오가 격전을 벌이는 장면에서는 8천 명의 대인원이 병사 역할로 출연했을 정도였다.

대본에 따르면 리치앙의 5만 대군과 리차오의 4만 대군이 격돌하는 장면이었기 때문에 8천 명은 결코 적은 숫자가 아니었다.

'지금까지 여운이가 경험했던 드라마 중 가장 스케일이 컸던 건 〈태양의 후계자〉지. 〈태양의 후계자〉도 많은 배우들이 출연했지만 〈사랑해, 붉은 달〉처럼 단번에 8천 명이 출연한 경우는 없었으니까.'

그만큼 규모가 대단했고 그만큼 강여운에게는 특별할 수밖에 없었다.

〈사랑해, 붉은 달〉을 찍으며 있었던 일들을 회상하듯

창밖을 바라보고 있던 강여운이 정호를 돌아봤다.

그러고는 말했다.

"오빠는 어땠어요? 이번 드라마?"

강여운의 질문에 정호가 씩, 웃으며 대답했다.

"나도 특별했지. 현장 스태프로 드라마 제작에 참여한
건 이번이 처음이었으니깐."

정호의 너스레를 보며 강여운이 웃음을 터뜨리며 말했다.

"그게 뭐예요. 조금 더 진지한 이유를 대봐요."

정호가 한껏 진지한 표정으로 대답했다.

"나 무척이나 진지해. 〈사랑해, 붉은 달〉은 무조건 잘될
거야. 내가 현장 스태프로 참여한 드라마니깐."

결국 강여운이 큰 소리로 웃음을 터뜨렸다.

그렇게 유쾌하게 종방연의 밤이 지나갔다.

◇ ◆ ◇

강여운은 드라마 홍보를 위해 중국 예능 출연과 중국 언
론과의 인터뷰를 하며 시간을 보냈다.

강여운만이 아니라 백민후, 정서정, 판보어, 진씨아오,
왕쉬팡도 홍보에 적극적이었다.

그리고 이런 식의 홍보만으로도 효과가 충분했다.

강여운이라는 이름값의 파워였다.

'여운이가 출연한다는 소식만 언론에 전해져도 예능의 시청률이 올라가니 원…… 따로 홍보를 할 필요가 없을 정도군.'

확실히 강여운은 스타 중의 스타였다.

중국에 강여운이 출연한 드라마와 영화가 꾸준히 소개되었기에 나올 수 있는 반응이었다.

그 결과, 따로 홍보가 필요하지 않을 정도의 위상이 이미 쌓여 있었다.

하지만 그렇다고 해서 정호가 홍보에 손을 놓은 것은 아니었다.

정호는 중국에 이미 진출해 있는 제스터의 오프라인 매장을 활용한 전략을 또 한 번 선보였다.

이 전략은 중국에서도 그대로 먹혀들었다.

사람들은 제스터의 오프라인 매장을 찾아 〈사랑해, 붉은 달〉의 OST를 수집했고 그건 그대로 〈사랑해, 붉은 달〉에 대한 입소문으로 이어졌다.

'이 정도면 홍보는 충분하다. 이제 첫 방을 기다리기만 하면 되겠어.'

아닌 게 아니라 〈중화의 돈〉마저도 종방을 한 상태였기 때문에 시기가 무척이나 적절하다고 할 수 있었다.

특히 〈사랑해, 붉은 달〉 촬영 막바지에 종방을 한 〈중화의 돈〉이 철저하게 무너진 상황이었다.

'〈중화의 돈〉은 결국 한계를 보이며 마지막 방송 시청률이 0.1퍼센트를 넘지 못하는 수모를 겪었지. 그와 함께 중국 드라마 시장에서의 미네르바 입지가 순식간에 추락했고.'

이 기회를 잘 살릴 필요가 있었다.

〈사랑해, 붉은 달〉이 성공할 수만 있다면 〈중화의 돈〉으로 미네르바가 선점하려고 했던 중국 드라마 시장을 오히려 컬처 필드가 선점할 수 있었기 때문이었다.

'그렇다고 해서 조급해 할 필요는 없어. 과한 쇼맨십으로 기대감을 높이다가는 〈중화의 돈〉처럼 추락할 가능성도 있으니깐. 준비는 지금도 차근차근 잘되고 있다.'

그리고 며칠 후, 〈사랑해, 붉은 달〉의 첫 방송이 드디어 중국 시청자들의 안방을 찾았다.

정호는 자신의 숙소에서 함께 고생한 사람들과 〈사랑해, 붉은 달〉의 첫 방송을 보기로 했다.

속속들이 인원들이 도착했다.

먼저 민봉팔, 강철두가 한 아름 간식을 싸들고 정호의 방문을 두드렸다.

방으로 들어서자마자 민봉팔이 말했다.

"역시 총 대표님은 다르네. 방이 아주 깔끔해."

그런 민봉팔의 말을 강철두가 받았다.

"깔끔할 수밖에 없죠. 호텔 직원이 다 치워주는데. 민 이사님 방은 호텔 직원들이 안 치워줍니까?"

민봉팔이 대답했다.

"아, 그러고 보니 그래서 맨날 깔끔한 거였구나. 난 내가 정리를 잘해서 그런 줄 알았네. 너무 오래 중국에서 생활을 하느라 이렇게 자기 집인 줄 알고 깜박깜박한다니깐."

정호가 슬쩍 끼어들었다.

"그거 설마 빨리 한국으로 돌려보내 달라고 나한테 항의하는 거냐?"

민봉팔이 대꾸했다.

"어이쿠, 그렇게 들렸어? 그런 거 아니니깐 걱정 마. 네가 있는 곳이 나의 집이잖아. 그런데 한국은 돌려보내 달라고 하면 보내 줄 거야?"

정호가 고개를 저으며 입을 열었다.

"그럴 리가. 적어도 〈사랑해, 붉은 달〉 종방 때까지는 여기 있을 거야."

민봉팔이 울상을 지었다.

"이제 첫 방인데…… 벌써 종방을 기다려야 하나."

그렇게 세 사람이 실없는 얘기를 나누고 있는 사이 다른 사람들도 도착했다.

〈사랑해, 붉은 달〉을 찍느라 가장 고생한 배우 세 사람의 등장이었다.

다름 아닌 강여운, 백민후, 정서정이었다.

정호가 세 배우를 반기며 말했다.

"왔어? 오셨어요?"

세 배우들도 각자 간식거리를 한 아름씩 들고 왔다.

정서정이 답했다.

"왔냐고 물을 시간 있으면 이 짐이나 좀 들어줘요. 무거워 죽겠네."

이어서 해외영업부 중국팀의 양 팀장과 그의 직원들도 도착했고 컬쳐 필드의 중국 지부 건설 현장에서 땀을 흘리고 있는 하기진도 도착했다.

각자 간식거리를 한 아름씩 챙기는 걸 잊지 않았기 때문에 먹을 복이 터졌다고 할 수밖에 없는 상황이 연출됐다.

민봉팔이 그 모습을 보며 말했다.

"이러다가 첫 방 보기도 전에 배 터져 죽겠는데?"

강여운이 민봉팔의 과자를 뺏으며 대답했다.

"배 터져 죽으면 안 되죠. 오빠는 간식 먹지 마요."

그렇게 민봉팔이 허전한 손을 보며 울상을 짓고 모여 있는 사람이 웃음을 터뜨렸을 때 〈사랑해, 붉은 달〉이 드디어 시작했다.

대단하다고 할 수밖에 없는 첫 방송이었다.

적태산의 화려한 액션 신부터가 보는 이의 시선을 사로 잡았다.

'여기저기에서 침 넘기는 소리가 들려올 정도니 말을 다 했지.'

또한 이어 연회장에서 벌어지는 리치앙, 리차오, 류메이 첸, 장슐란의 기 싸움은 앞으로의 상황에 대한 기대감을 높였다.

'양 팀장이 흥미진진하게 보는군. 원래 이런 식의 암투 같은 걸 좋아한다고 했었나?'

그리고 마지막으로 이서령이 조선을 떠나 중국으로 오던 중 자연재해에 고통을 받고 적태산과 조우하는 장면이 나왔다.

"그러는 당신은 누구시오?"

적태산이 대사를 뱉자마자 사람들이 아, 하고 탄식을 내뱉었다.

'이 PD가 1화를 아주 깔끔하게 잘 뽑아냈어. 액션, 암투, 로맨스가 잘 어우러진 첫 화였다.'

넋 놓고 〈사랑해, 붉은 달〉을 보던 이들 중에서 가장 먼저 정신을 차린 양 팀장이 박수를 쳤다.

"와우! 대박이에요! 제가 본 어떤 드라마보다도 재미있습니다!"

그사이 정신을 차린 사람들도 각자 움직이기 시작했다.

강철두는 이 PD에게 전화를 걸어 1화가 잘 나왔다는 칭찬을 쏟아냈고 민봉팔은 노 작가에게 전화를 걸어 1화에 대한 의견을 주고받았다.

또한 백민후, 정서정은 이번 화에서 부족했던 점을 되짚으며 차기작에서 어떤 점을 보완해야 할지 연기에 대한 의견을 나눴다.

그때 정호와 강여운의 눈이 마주쳤다.

정호가 말했다.

"봐봐. 내가 무조건 잘될 거라고 했지?"

정호의 너스레에 강여운이 빵 터졌다.

〈사랑해, 붉은 달〉의 성공을 예감한 건 정호의 방에 모여서 첫 방송을 시청한 사람들만이 아니었다.

첫 방송을 본 시청자들이 하나같이 〈사랑해, 붉은 달〉을 칭찬하기 시작했다.

[역대급 드라마 탄생하는 건가? 규모가 다르더라ㄷㄷㄷ]

[나도 중국인이지만 가끔 중국 드라마는 스케일만으로 밀어붙이는 경향이 있는데, 〈사랑해, 붉은 달〉은 그런 것도 결코 없음ㅋㅋㅋㅋㅋ 그래서 개깜짝 놀랐다ㅋㅋㅋ]

[연출 누구냐?ㅋㅋㅋ 중국인 연출가 중에 저런 사람이

있었냐?ㅋㅋㅋㅋㅋ]

　[〈해를 끌어안은 달〉을 연출한 것으로 유명한 이성환 PD
가 〈사랑해, 붉은 달〉 PD네ㅋㅋㅋㅋ]

　[헐ㅋㅋ 〈해를 끌어안은 달〉 내가 제일 재밌게 본 한국
드라마인데ㅋㅋㅋㅋ]

　[역시 영화 찍던 사람과는 클라스가 다른 건가?]

　[ㅋㅋㅋㅋ근데 뒤로 갈수록 어떻게 될지는 모르지ㅋㅋ
ㅋ]

　[이건 별 걱정 없지 않을까? 100퍼센트 사전 제작이라고
하던데?]

　[아, 진짜야?ㅋㅋㅋㅋ 역시 퀄리티가 다르다고 했더니ㅋ
ㅋㅋㅋ]

　[근데 사전 제작이 꼭 좋은 것만은 아니야ㅋㅋㅋ 그때그
때 반응 못 따라가서 망하는 경우도 많잖아ㅋㅋㅋㅋ]

　[맞아ㅋㅋㅋ 적어도 2화까지는 지켜봐야지ㅋㅋㅋ 제발
볼 만한 드라마였으면 좋겠다ㅋㅋㅋ]

　[그래도 1화는 진짜 잘 나왔더라ㅋㅋㅋ]

　[강여운의 임팩트가 커서 다른 배우들이 묻힐 줄 알았는
데 그렇지도 않았어ㅋㅋㅋ]

　[적태산으로 나온 배우 누구임? 완전 화끈하던데!]

　[난 성나라의 인물들도 흥미롭게 그려졌다고 생각하는 중
ㅋㅋㅋ 약간 그쪽에서 이야기가 커질 것 같은 예감ㅋㅋㅋ]

[그나저나 여기에 판보어도 나오는구나ㅋㅋㅋ 어쩐지 자꾸 예능에 나오더라니ㅋㅋㅋㅋ]

[판보어? 판보어가 나왔다고?]

[나도 몰랐는데 판보어네ㅋㅋㅋㅋ 진씨아오한테 너무 밀려서 눈에 안 들어왔음ㅋㅋㅋㅋ]

[근데 판보어 연기는 나쁘지 않던데?ㅋㅋㅋ]

[나쁘지 않지만 잘하지도 않지ㅋㅋㅋㅋ 열애설로 인기나 끌어모으는 배우ㅋㅋㅋㅋ]

[이번에도 강여운이랑 열애설 터졌지?ㅋㅋㅋ]

[맞아ㅋㅋㅋ 하지만 강여운이랑은 너무 급이 안 맞아ㅋ ㅋㅋㅋㅋ]

[적태산으로 나온 배우 정도면 그래도 괜찮을 것 같은데 ㅋㅋㅋ]

[마지막에 진짜 멋있었다ㅋㅋㅋㅋ]

반응은 전체적으로 좋았다.

〈사랑해, 붉은 달〉의 요소 하나하나를 집어서 칭찬하는 댓글이 무척이나 많았다.

물론 〈중화의 돈〉 같은 상황이 펼쳐질 거라고 부정적으로 보는 사람들도 있었지만 이건 드라마의 방영이 거듭될수록 사라지게 될 문제였다.

'이 PD가 자신만만해하고 있다……. 그건 사전 제작이 된 〈사랑해, 붉은 달〉의 뒷부분도 마음에 들었다는 뜻이지…….

충분히 중국 시장에 먹힐 수 있어…….'

시청률 추이도 무척이나 좋았다.

홍보가 잘 이뤄진 덕분인지 〈중화의 돈〉의 1화보다 0.1 퍼센트가 높은 0.5퍼센트대의 시청률이 나왔다.

이대로라면 1퍼센트대의 대박 드라마가 나올 수 있는 수치였다.

때마침 한국에서 MBS와 〈사랑해, 붉은 달〉 편성에 대한 상의를 하고 있던 정 대표로부터 전화가 걸려왔다.

"시청률 확인했어? 이거 대박날 것 같은데? MBS도 빨리 편성하자고 난리야."

매니지먼트

11장. 진짜 한국 방영?

정호는 우선 정 대표를 진정시켰다.

"진정하세요. 시청률은 확인했습니다. 첫날 시청률만으로도 올해의 드라마 10위권 안에 들겠더군요. 그나저나 MBS 편성 얘기는 뭡니까? 편성은 케이블 드라마 채널로 하는 거 아니었어요?"

MBS는 'MBS 드라마넷'이라는 케이블 방송을 운영했다.

새로 프로그램을 만들어 방영하기보다는 이전에 방영된 프로그램을 다시 보기식으로 편성하여 내보내는 채널이었다.

그리고 MBS와는 당초에 〈사랑해, 붉은 달〉을 이곳에 편성하기로 되어 있었다.

정 대표가 대답했다.

"시청률 봤구나? 시청률이 너무 좋아서 MBS도 고민인가 봐. 물론 아직 시기상조이지만 1화가 어떻게 빠졌는지 궁금해서 자기들도 드라마를 구해서 봤는데 굉장히 놀랐다는 거야. 이대로만 가면 분명 대박이 날 거라고."

시대가 변했다지만 방영된 지 하루 만에 〈사랑해, 붉은 달〉을 벌써 구해서 봤다니 놀라웠다.

하지만 이내 납득했다.

'하긴 우리나라에서도 프로그램이 방영되고 한 시간이면 공유 사이트에 해당 프로그램이 올라올 정도니깐. MBS의 요청을 받은 충칭 측에서 즉시 전달했을 수도 있는 일이고. 방법이야 많다…….'

정호가 이렇게 생각하고 있을 때 정 대표가 말을 이었다.

"이게 다 여운이 덕분이야. 제작 발표 이후로 여운이 때문에 한국에서도 꾸준히 〈사랑해, 붉은 달〉이 주목을 받았거든. 그런데 중국에서도 반응이 좋으니 시청자들이 애가 타는 거지. 언제쯤 방영이 되냐고. MBS는 그런 시류를 읽은 거야."

"그래서 어떻게 하기로 했습니까?"

정호의 물음에 정 대표가 별거 아니라는 듯 대답했다.

"일단 두고 보자고 했지. 다음 주 방영되는 4화까지 반응 보고 나서 편성 문제를 다시 생각해 보자고."

정호가 "그랬군요."라고 대답하며 고개를 끄덕였다.

정 대표의 대처는 정석이었다.

딱히 흠을 잡을 곳이 없었다.

하지만 정 대표의 말은 아직 끝난 것이 아니었다.

"그랬더니 MBS 측에서 몸이 달아오른 모양이더라고. 그렇게 해서는 늦는다며 당장 전략부터 세우자고 하더라. 나는 그렇게 급하면 일단 그쪽에서 전략을 세워서 달라고 했어. 방금 MBS 측에서 전략을 정리해서 넘겨줬고. 네 메일로 보냈으니 지금 확인해 봐."

정호는 잠깐만 기다려 보라고 말한 뒤 자신의 메일함을 열어 봤다.

받은메일함에는 정 대표의 말대로 MBS의 전략이 담긴 메일이 도착해 있었다.

얼핏 봤을 때에는 전략은 별로 특별해 보이지 않았다.

하지만 내막을 뜯어보니 달랐다.

'편성은 똑같이 MBS 드라마넷이다. 하지만 주말 10시에 편성하여 대대적인 홍보를 하겠다고 하고 있어. 그건 〈사랑해, 붉은 달〉로 케이블과 한판 대결을 벌이겠다는 뜻이야.'

심지어 이게 전략의 전부가 아니었다.

정호가 물었다.

"이게 사실입니까? 〈사랑해, 붉은 달〉의 경쟁력을 올리기 위해서 MBS 정규 드라마의 편성 시간을 한 시간씩 당기겠다는 거?"

◇ ◆ ◇

예전과는 다르게 MBS는 요즘 토요일과 일요일에도 드라마를 정규 편성했다.

양일간 오후 8시에 한 번, 오후 10시에 한 번씩 방영하는 방식이었다.

따라서 〈사랑해, 붉은 달〉을 위해서 정규 편성을 한 시간씩 앞당긴다는 것은 다소 무리한 수가 될 가능성이 있었다.

정규 편성된 드라마를 두 작품이나 한 시간씩 당겨야 했기 때문이었다.

'결국 MBS는 〈사랑해, 붉은 달〉을 경쟁력을 믿고 케이블 방송과 경쟁을 벌이겠다는 속셈이다. 정규 방송의 이점까지 포기하고서.'

하지만 최소한의 안정 장치조차 마련하지 않은 것은 아니었다.

〈사랑해, 붉은 달〉을 MBS 드라마넷에 편성했다는 것 자체가 큰 그림을 그린 안전 장치였다.

'MBS 드라마넷에 편성하면 〈사랑해, 붉은 달〉이 무너져도 MBS에 정규 편성된 드라마는 살릴 수 있다. 심지어 케이블 드라마와 경쟁을 벌이지 않기 때문에 더 많은 시청률을 얻을 수도 있을 것이고.'

MBS가 보낸 전략에 담겨 있는 숨은 뜻을 읽어내자 정호는 마음이 편안해지는 걸 느꼈다.

이 정도라면 부담 없이 해볼 만하다는 생각이 들었기 때문이었다.

'MBS 정규 방송과의 시청률 분산 없이 〈사랑해, 붉은 달〉이 케이블과 진검 승부를 벌이는 방식인 거다. 그리고 현재 케이블 주말에 편성된 드라마는 전체적으로 강하지 않다.'

어차피 더빙은 불가능한 상황이었다.

배우의 연기에 민감하고 눈이 높은 한국 시청자들에게 더빙된 드라마를 보여줬다간 강력한 비난과 조롱을 받을 가능성이 높았다.

결국 〈사랑해, 붉은 달〉은 자막을 쓸 수밖에 없었고 그렇다면 자연스럽게 연령대가 높은 시청자들을 사로잡기에 무리가 있었다.

'하지만 케이블은 젊은 층이 주로 시청을 하는 만큼 여지가 있는 거지. 게다가 여운이의 이름값이 통한다면 오후 10시 시간대의 드라마 시장을 잠식시킬 수 있을 거야.'

정호는 결정을 내렸다.

그리고 잠시 후, 정 대표는 정호의 결정을 전해 들을 수 있었다.

정호에게 정규 편성 시간을 한 시간씩 당기는 게 맞다고 대답해준 이후로 줄곧 다음 말을 기다리고 있던 정 대표였다.

"어떻게 생각해도 좋은 기회네요. MBS 측에 답변 넣어주세요. 원하는 대로 하겠다고."

정 대표가 대답했다.

"역시 그렇지? 그래, 그럴 줄 알았다."

◇ ◆ ◇

다행히 〈사랑해, 붉은 달〉은 3, 4화의 방영 분위기도 무척이나 좋았다.

중국 시청률이 0.7퍼센트를 껑충, 돌파했다.

심지어 온라인상의 반응도 괜찮았다.

연출, 연기, 스토리 등 모든 것이 호평 일색이었다.

중국 언론조차도 앞다투어 기사를 쏟아낼 정도였다.

—계속 발전하는 중국 드라마, 〈사랑해, 붉은 달〉로 세계를 씹어 먹을까?

—강여운을 중국에 데려온 것은 신의 한수! 이제 곧 중국

드라마의 시대다!

—〈사랑해, 붉은 달〉 한국에서도 방영 예정? 중국이 다시 한국을?

—판보어, 진씨아오, 왕쉬팡. 한국 배우들에게도 밀리지 않는 연기력 선보여.

—중국인 삼총사, 〈사랑해, 붉은 달〉의 주인으로 군림하다!

겨우 시청률 0.7퍼센트가 나온 것치곤 굉장히 자극적인 기사들을 쏟아지고 있었다.

중국 언론답다는 생각이 들었지만 다시 생각하면 강여운이라는 이름값이 얼마나 큰지 실감할 수 있는 부분이기도 했다.

물론 중국 친화적인 느낌의 기사들이 너무 많기는 했지만.

'괜히 저런 기사들에 일일이 대응할 필요는 없지. 자극적인 제목으로 사람들의 눈을 사로잡는 것이 저들의 일이니깐. 그나저나 시청률이 잘 나와서 다행이군.'

솔직히 조금 걱정이 된 것이 사실이었다.

MBS에서 이렇게까지 밀어주는데 갑자기 한 주 만에 시청률이 뚝 떨어진다면 서로 민망한 상황이 연출될 수밖에 없었기 때문이었다.

하지만 〈사랑해, 붉은 달〉은 3, 4화의 반응도 무척이나 좋았고 그렇다는 건 MBS가 제안한 전략대로 〈사랑해, 붉은 달〉이 한국에서 방영될 수 있다는 뜻이었다.

그리고 벌써 MBS는 해당 소식을 언론에 유포하여 대대적으로 홍보를 하고 있었다.

'다음 주부터 정식 방영이 된다고 했지? 중국보다 2주 정도는 늦게 방영이 되는 것이군. 이 정도라면 충분하다. 한 주 차이로 방영을 했다가 무슨 일이 생겨 따라잡히면 괜히 중국인 시청자들의 반발을 살 수도 있으니까. 그나저나 내일 한국으로 돌아가면 MBS부터 방문해야겠군.'

다음 날, 정호는 귀국을 하자마자 자신의 생각대로 MBS부터 방문했다.

MBS의 송 사장이 사옥 밖으로 나와서 정호를 반겼다.

"오셨습니까, 총 대표님? 어서 들어가시죠. 할 얘기가 무척이나 많습니다."

송 사장의 얘기라는 건 대체로 〈사랑해, 붉은 달〉을 어떻게 방영했으면 좋겠냐는 질문이었다.

자막을 넣는 방식부터 홍보 전략까지 다양한 부분을 정호와 상의하고 싶어 했다.

정호는 송 사장의 질문에 성심성의껏 답변해 줬다.

그리고 동시에 자신이 생각하고 있는 〈사랑해, 붉은 달〉의 한국 시청률도 말해 주었다.

"자막 부분과 홍보 부분이 잘 이뤄졌을 때 10퍼센트

초반대의 시청률이 나올 가능성이 가장 큽니다."

정호의 말에 송 사장도 고개를 끄덕였다.

확실히 10퍼센트 초반대가 자막을 읽으며 드라마를 볼 수 있는 시청자의 최대 숫자였기 때문이었다.

송 사장이 대답했다.

"그 정도면 충분합니다. 자막을 읽으며 드라마를 볼 수 있는 시청자를 모두 뺏어오면 케이블의 다른 드라마는 분명 시청률에 큰 타격을 입을 겁니다. 그럼 〈사랑해, 붉은 달〉은 근소하게 1위 자리를 확보할 수 있을 거고요."

정호는 송 사장이 자신과 비슷한 생각을 한다는 걸 알 수 있었다.

정호가 말했다.

"협력하는 입장에서 같은 생각을 하고 있다니 다행이군요."

송 사장이 허허허, 웃으며 대꾸했다.

"생각이 다르면 협력업체라고 할 수 있겠습니까? 어쨌든 기대가 되는군요. 〈사랑해, 붉은 달〉이 한국에서는 어떤 반응을 보일지."

기대가 되기는 정호도 마찬가지였다.

하지만 정호는 송 사장이 안심할 수 있도록 빙그레, 미소만 지어 보였다.

◇ ◆ ◇

송 사장과의 미팅을 시작으로 한국에서의 일을 마무리한 정호는 다시 중국행 비행기에 올랐다.

그리고 다음 주, 마침내 한국에서 〈사랑해, 붉은 달〉이 방영됐다.

하루 전, 중국에서 방영된 〈사랑해, 붉은 달〉 5, 6화가 굉장히 반응이 좋았기 때문에 한국에서의 반응도 무척이나 기대되는 상황이었다.

'시청률이 1퍼센트대를 돌파했다. 아직 10화가 더 남은 상황에서 이뤄낸 쾌거라고 볼 수 있지. 이 추이라면 3퍼센트대 시청률도 기대할 만하다.'

〈사랑해, 붉은 달〉 방송 3주 만에 시청률 1퍼센트대를 돌파하자 중국 현지는 난리가 났다.

실제로 요즘은 강여운과 자주 가던 이탈리안 레스토랑에도 가지 못하는 상황이 됐다.

팬들이 너무 몰려서 도무지 움직일 수가 없었던 것이다.

덕분에 정호는 룸서비스로 강여운과 함께 저녁을 해결하고 있었다.

'중국에서의 광고 및 화보 촬영은 이 정도로 마무리하고 일단 여운이는 한국으로 들여보내야겠다. 한국도 사정은 별반 다를 게 없지만 타지에서 이런 일을 겪는 것보단 낫겠지.

아예 휴가의 개념으로 더 먼 곳으로 보내는 것도 방법이고.'

정호는 이렇게 생각을 정리하며 한국 방영 시간에 맞춰 온라인상의 반응을 살폈다.

요즘은 드라마를 보면서도 실시간으로 반응을 올리기 때문이었다.

한참 올라오는 반응을 살피다가 정호가 생각했다.

'예상한 것보다도 반응이 좋은데? 영화와 같은 자막을 사용한 것도 호평을 받고 있다. 또 드라마의 핵심 인물이 한국 시청자들에게도 익숙한 얼굴인 점이 매력 포인트로 작용하고 있군.'

강여운, 백민후, 정서정이 중국말을 쓰는 게 왠지 어색하게 느껴진다는 지적도 있었지만 전체적으로 평이 좋았다.

중국 드라마답게 스케일 굉장히 크다는 점을 부러워하는 사람도 있었다.

그렇게 순식간에 시간이 지나갔다.

그리고 잠시 후, 정호는 내부 라인을 통해 시청률이 받아 볼 수 있었다.

정호가 받아 본 〈사랑해, 붉은 달〉 1화의 한국 시청률은 7.5퍼센트였다.

12장. 나랑 열애설 내요

높지도 낮지도 않은 수치였다.

굳이 따지자면 정호의 생각보다 약간 높은 수치라고 할 수 있었다.

정호가 생각한 〈사랑해, 붉은 달〉의 1화 시청률은 6퍼센트대였기 때문이었다.

'흠…… 이대로라면 6화 안쪽으로 10퍼센트의 시청률을 넘겠지. 하지만 여운이에 대한 기대감으로 첫날 성적이 잘 나온 것일 수도 있다. 아직 속단하기는 일러.'

실제로 〈사랑해, 붉은 달〉 1화가 방영되고 난 이후 부정적인 의견이 속속들이 올라오고 있었다.

그리고 그 의견들의 대다수는 자막으로 된 드라마를 보기가 어렵다는 불만이었다.

'하지만 이런 반응은 여전히 소수일 뿐이다. 그것도 감안하지 않고 〈사랑해, 붉은 달〉을 봤냐고 비판을 하는 사람도 있으니깐. 내일 시청률이 기대되는걸?'

그리고 다음 날, 2화가 국내에 방영됐고 〈사랑해, 붉은 달〉은 7.8퍼센트의 시청률을 기록했다.

큰 폭으로 상승한 건 아니지만 시청률이 떨어지지 않았다는 점에서 충분히 괜찮은 결과라고 할 수 있었다.

게다가 이 정도 수치면 공중파에서도 평타 이상의 시청률이었다.

요즘은 8퍼센트만 나와도 중박 정도의 성공이라고 생각하는 경우가 많았다.

다시 말해서 〈사랑해, 붉은 달〉의 7.8퍼센트의 시청률은 케이블 치고는 굉장히 선방이라고 할 수 있었다.

정호만 그렇게 생각하는 게 아니었는지 민봉팔이 소식 하나를 물어왔다.

"광고주들이 〈사랑해, 붉은 달〉 앞뒤로 광고를 붙이려고 난리를 부린다던데? 단가가 장난이 아닌 모양이야. 역시 우리 여운이의 파워가 이 정도인가?"

광고가 붙는다는 건 이쪽 업계의 사람들이 냄새를 맡았다는 뜻이었다.

그리고 그것은 다름 아닌 성공의 냄새였다.

정호가 상황을 정리하며 대답했다.

"그래? 잘됐네. 송 사장님께 〈사랑해, 붉은 달〉 앞뒤로 벌써부터 너무 **빡빡하게** 광고 넣지 말라고 당부 좀 드려. 분명 더 좋은 광고가 붙게 될 거라고."

정호의 말을 듣고 민봉팔이 호응했다.

"오호! 드디어 우리 총 대표님의 촉이 발동한 건가? 알았어, 그렇게 전할게."

말은 이렇게 했지만 사실 정호는 〈사랑해, 붉은 달〉의 성공을 확신하지는 않았다.

어쩌면 7.8퍼센트가 최고 시청률일 거라는 생각도 들었다.

'그래도 자신감 없는 모습을 보일 수는 없지. 그리고 중국에서의 성공 소식이 이어질수록 한국의 시청자들도 〈사랑해, 붉은 달〉을 더 많이 찾게 될 거다.'

◇ ◆ ◇

쾅, 하고 주먹으로 누군가 책상을 내리쳤다.

그 누군가는 바로 미네르바의 총 대표인 한경수였다.

한경수가 방금 내리친 책상에는 두 가지 내용이 담긴 보고서가 올라와 있었다.

〈사랑해, 붉은 달〉의 중국 시청률과 한국 시청률을 표시하고 분석한 보고서였다.

〈사랑해, 붉은 달〉은 9, 10화가 방영된 중국에서 2.1퍼센트의 시청률을 기록했고 5, 6화가 방영된 한국에서 10.1퍼센트의 시청률을 기록한 상태였다.

한경수가 발작적으로 소리를 질렀다.

"다들 뭘 하고 있었던 거야! 컬쳐 필드가 드라마 하나로 중국에서는 올해 최고의 드라마의 지위에 오르고 한국에서는 동시간대 드라마를 제치고 1위를 차지하는 동안 우린 뭘 하고 있었던 거냐고!"

송 이사를 필두로 이사진이 한경수를 향해 고개를 숙였다.

"정말 죄송합니다."

"죄송합니다."

한경수가 다시 한 번 발작을 일으키듯 소리쳤다.

"죄송하다면 다야!"

한경수의 손에서 애용하던 명품 만년필이 날아갔고 그 만년필에 이사 하나가 맞았다.

"으헉!"

엄살처럼 느껴지는 비명이었지만 엄살이 아니었다.

만년필은 공교롭게도 펜촉 부분이 이사 하나의 어깨에 꽂혔던 것이다.

피가 질질 흐르는 어깨를 부여잡으며 만년필을 맞은 이사가 쓰러졌다.

하지만 다들 그쪽은 쳐다보지 않았다.

입버릇처럼 쓰러진 개를 쳐다보면 그 개도 죽인다고 말하는 한경수 앞에서 그랬다간 무슨 봉변을 당하게 될지 몰랐기 때문이었다.

이사들은 일제히 고개를 숙인 채 한경수의 처분을 기다렸다.

혼자 씩씩거리며 회의실을 왔다 갔다 하며 돌아다니던 한경수가 뭔가를 떠올리며 송 이사를 불렀다.

"송 이사, 그 자료는 어떻게 됐나?"

한경수의 말을 찰떡같이 알아듣고 송 이사가 대답했다.

이런 눈치야말로 초창기부터 지금까지 송 이사가 한경수의 곁에 붙어 있을 수 있었던 비법 아닌 비법이었다.

"판보어의 악행에 대한 자료를 증거까지 전부 확보하여 준비했습니다. 분명 이게 유출된다면 중국의 사회적 파장이 엄청날 겁니다."

송 이사의 말을 듣고 한경수가 씨익, 웃었다.

결과가 머릿속에서 상상되며 한경수를 즐겁게 했던 것이다.

침묵 속에서 한참 상상의 나래를 펼치던 한경수가 외쳤다.

"그 자료를 잘 내보내 봐. 컬쳐 필드를 나락으로 떨어뜨 릴 수 있게 잘 정리해서 말이야."

◇ ◆ ◇

〈사랑해, 붉은 달〉의 행보는 거침없었다.

11, 12화로 중국 시청률 2.4퍼센트.

7, 8화로 한국 시청률 11.4퍼센트.

대단한 수치였다.

특히 중국에서는 올해 최고의 드라마를 넘어서 역대 최 고 시청률을 노려볼 만한 상황이었다.

'현재 다른 중국의 기대작들이 주춤하면서 올해는 3퍼센 트가 넘는 드라마가 없는 상황이지. 그런 덕분에 벌써 중국 올해 최고의 시청률을 찍었지만 만족할 만한 단계는 아니 다. 3퍼센트대를 돌파하며 올해 최고의 드라마 타이틀을 거머쥔 뒤, 나아가 역대 최고 시청률을 목표로 바라볼 필요 가 있어.'

이제 슬슬 욕심을 부려볼 때였다.

그리고 2.4퍼센트라면 욕심을 부려도 이상하지 않을 수 치였다.

3퍼센트의 시청률이 가시권으로 들어왔기 때문이었다.

게다가 〈사랑해, 붉은 달〉은 한국에서의 성적도 무척이나 좋았다.

동시간대의 드라마를 철저하게 마크하면서 선두를 달리고 있었기 때문이었다.

'욕심이 없어도 만들어야 하는 상황이야. 자막이라는 한계 때문에 한국에서는 역대급 드라마의 반열에는 오르지 못하겠지만 이것만으로도 엄청난 효과를 내고 있다. 케이블과의 경쟁에서 이기면서도 MBS의 다른 드라마의 시청률도 보장해 주고 있으니깐.'

정호의 생각대로 〈사랑해, 붉은 달〉은 자체의 가치보다도 부가적으로 파생되는 가치가 더 큰 편이었다.

동시간대의 시청률 1위를 마크하면서 다른 방송사 드라마와의 경쟁에서도 승리를 하고 있었고, 동시에 한 시간씩 편성을 앞당긴 드라마들의 시청률도 보장해 주었기 때문이었다.

그 결과, 자연스럽게 규모가 큰 광고들은 MBS로 몰릴 수밖에 없었다.

또한 이것만이 다가 아니었다.

'〈사랑해, 붉은 달〉 앞뒤로 붙은 광고도 무시할 수 없지. 젊은 세대를 소비자로 둔 업체들은 〈사랑해, 붉은 달〉을 선호할 수밖에 없으니깐.'

〈사랑해, 붉은 달〉은 요즘 젊은 세대의 가장 핫한 드라마였다.

늘 새로운 것을 추구하는 젊은 세대답게, 자막이라는 한계 때문에 그들이 아니면 향유할 수 없다는 점을 굉장히 높이 평가했다.

〈사랑해, 붉은 달〉 자체가 자막만 읽을 수 있으면 재미없는 드라마도 아니었고.

그런 까닭에 젊은 세대는 모이기만 하면 〈사랑해, 붉은 달〉 얘기를 할 만큼 〈사랑해, 붉은 달〉을 좋아했다.

그에 따라 젊은 세대를 소비자로 둔 업체들이 〈사랑해, 붉은 달〉 앞뒤에 광고를 넣고 싶어 할 수밖에 없었던 것이다.

'계속 이 정도의 수치만 유지한다면 국내에서도 만족스러운 성과를 낼 수 있을 거다.'

이렇게 정호가 긍정적으로 〈사랑해, 붉은 달〉의 미래를 그려갈 때쯤이었다.

예중태로부터 전화가 걸려 왔다.

'응? 왜 중태 씨에게?'

정호는 불길함을 느꼈다.

생각해 보면 예중태에게 갑작스럽게 걸려오는 전화는 언제나 좋지 않은 소식을 담고 있었기 때문이었다.

정호가 전화를 받았다.

"네, 중태 씨. 혹시 안 좋은 일입니까?"

예중태도 자신이 좋지 않은 소식을 전담해서 전한다는 걸 알고 있다는 듯 민망하게 웃으며 대답했다.

"확실히 좋은 소식은 아닙니다. 판보어에 관한 안 좋은 소문이 언론에 표면화됐거든요."

◇ ◆ ◇

시한폭탄이 될 수 있을 거라고 생각했다.

하지만 이렇게 뒤통수를 칠 줄은 몰랐다.

현장에서만 아무 일이 없으면 〈사랑해, 붉은 달〉 방영 도중에는 아무 일도 벌어지지 않을 거라고 생각했던 것이 실수였다.

정호가 휴, 하고 한숨을 내쉬며 물었다.

"쉬다가 혹시 사고라도 친 겁니까?"

예중태가 답했다.

"그런 일이라면 오히려 다행이지요. 근데 이건 사건이 꽤 큽니다. 누군가 작정을 하고 판보어의 신상을 탈탈 털었습니다. 지금까지의 악행이 완벽하게 고발됐어요."

정호가 다시 한 번 한숨을 내쉬었다.

확실히 이 정도 사건이라면 〈사랑해, 붉은 달〉에도 타격을 줄 수 있을 만했다.

정호가 대답했다.

"일단 해당 기사와 관련된 사람들의 반응을 살펴보겠습니다. 그동안 중국 언론과 연계해서 최대한 기사를 내려

달라고 부탁 좀 해보세요. 충칭에게도 힘 좀 실어 달라고
부탁해 주시고요. 나머지는 그 후에 대처 방법을 정하도록
하죠."

"네, 그럼 연락 기다리겠습니다."

정호는 전화를 끊고 바로 온라인상의 반응부터 살폈다.

예상대로 반응은 좋지 못했다.

판보어의 악행이 사실이라면 〈사랑해, 붉은 달〉을 더 이
상 보지 않겠다는 사람들도 있을 정도였다.

'확실히 판보어의 악행을 상세히 적어 놨군. 내가 몰랐
던 중국의 간판스타들이 꽤나 언급되고 있어. 이건 기자 하
나가 단독으로 확보할 말한 정보의 양이 아니다. 더 조직적
인 느낌이 들어.'

그리고 정호는 그 조직적인 움직임을 보인 사람들이 누
군지 어렵지 않게 알 수 있었다.

'미네르바.'

확실히 이런 결론을 내놓고 보니 더 잘 보이는 것들이 있
었다.

정보를 옮기고 퍼뜨리는 방식이 미네르바의 고전적인 술
수와 맞닿는 지점이 있었던 것이다.

'아주 작정을 했군. 혼자 망할 수는 없다는 건가.'

정호는 어떻게 대처를 할지 고민했다.

하지만 마땅한 수가 떠오르지 않았다.

그만큼 미네르바는 철저하게 준비하여 판보어와 함께 〈사랑해, 붉은 달〉을 공격하고 있었다.

'판보어가 사과문을 게재하는 것이 최선이지만 이런 상황에서 사과문을 올렸다가는 오히려 더 큰 맹공을 당할 수가 있다. 이에 비견할 만한 사건으로 시선을 분산한 후에 사과문을 올리는 게 제일 좋은 방법이야.'

그때였다.

정호의 스마트폰이 지이잉, 진동 소리를 내며 울렸다.

예중태인가 싶어서 확인했던 전혀 예상치 못한 이름이 스마트폰 화면에 떠 있었다.

전화를 건 사람은 바로 강여운이었다.

'이제 막 광고 촬영이 끝났을 텐데 왜 쉬지 않고. 기사를 보고 걱정이 돼서 전화를 걸었나?'

정호가 이런 생각하며 전화를 받았다.

"응, 여운아. 촬영 잘 끝냈어?"

하지만 강여운은 정호의 말에 답하지 않았다.

그 대신 대뜸 이렇게 말을 꺼냈다.

"오빠, 나랑 열애설 내요."

강여운의 발언은 워낙 갑작스러웠다.

그런 까닭에 정호는 놀랄 수밖에 없었다.

하지만 이내 상황이 파악됐다.

강여운은 여론의 시선을 분산시키기 위해서 열애설을 내자고 하고 있었다.

두 사람의 열애설을 낸다면 판보어에 관한 안 좋은 소문에 쏠려 있던 시선이 분산될 거라고 생각한 것이었다.

'시선은 확실히 분산되겠지. 아니, 오히려 판보어에 대한 존재를 완벽하게 잊고 나와 여운이의 열애설에 더 관심을 가질 가능성이 높다. 그만큼 여운이의 존재감은 절대적

이니깐.'

하지만 정호의 입장에서는 덥석 좋다고 이런 기사를 내보낼 수 없었다.

정호 본인 때문이 아니었다.

강여운 때문이었다.

열애설이 났을 때 피해를 볼 사람은 강여운일 수밖에 없었다.

정호가 생각 끝에 입을 열었다.

"너 그거 진심이야? 열애설을 냈을 때 얼마나 큰 후폭풍이 몰아칠지 예상하고 있는 거 맞아?"

정호의 말에 강여운이 답했다.

"예상하고 있어요. 당장 저를 여자 친구처럼 생각했던 팬들이 우수수 떨어져 나갈 테고 곧 이어서 〈사랑해, 붉은 달〉에 대한 몰입이 깨진다는 비난을 받게 되겠죠."

정호는 고개를 저으며 끼어들었다.

"그것만이 아니야. 우리 두 사람의 사랑을 응원해 주는 사람보다 저주를 퍼붓는 사람들이 더 많을 거야. 게다가 네가 작품을 하는 데에도 걸림돌이 될 수 있지. 강여운이라는 배우가 가지고 있던 로맨스 퀸의 이미지도 어느 정도 퇴색될 테니깐."

이렇게까지 말했지만 강여운은 스스럼없이 대구했다.

"알아요. 저도 알고 있어요. 하지만 나쁜 점만 있는 건 아니잖아요."

강여운의 말이 맞았다.

나쁜 점만 있는 것은 아니었다.

우선 판보어에 대한 안 좋은 소문을 가리면서 〈사랑해, 붉은 달〉의 성공을 이어 나갈 수 있었다.

또한 자연스럽게 〈사랑해, 붉은 달〉에 대한 마케팅 효과도 누릴 수 있었다.

'거기에 여운이의 이미지가 다채롭게 변하겠지. 그에 따라 오히려 일부 거장들은 더욱 여운이를 선호할 거야. 여배우의 삶은 여배우의 연기 스펙트럼을 확인할 수 있는 좋은 지표니깐.'

연애를 한다거나 결혼을 한다고 로맨스에 출연하지 못하는 건 아니었다.

강여운에 앞서 등장한 수많은 여배우들이 그런 사실을 확인해 줬다.

전지윤, 송혜영, 양하늘, 이보윤 등의 배우들은 육아를 이유로 잠깐 쉴 때도 있었지만 다들 돌아와 왕성하게 활동했다.

심지어 전보다 더욱 뛰어난 연기력을 선보였고.

'결국 중요한 것은 열애설보다 열애설 이후의 행보다. 이후의 행보가 순조롭고 행복하다면 팬들은 자연스럽게 강여운이라는 존재를 받아들이겠지. 뿐만 아니라 여운이의

주 활동 무대는 할리우드이기 때문에 여론이 시끌벅적해도 할리우드에서 활동을 하며 여론을 잠재울 수 있다.'

여기까지 결론을 내린 정호가 한숨을 휴, 하고 내뱉었다.

인정할 수밖에 없었다.

강여운이 이런 부분까지 모두 계산하고 전화를 걸었다는 사실을.

정호의 한숨을 듣고 어느 정도 자신의 얘기가 통했다는 것을 깨달은 강여운이 물었다.

"어때요? 열애설 낼까요?"

정호가 잠깐 한 번 더 상황을 되짚은 후에 고개를 끄덕였다.

그런 뒤 답했다.

"내가 중태 씨에게 부탁해서 열애설 내보낼게. 각오해 둬. 분명 후폭풍이 만만치 않을 테니."

화려한 조명과 화려한 인물들로 가득한 파티장.

한경수는 그곳에서 한창 파티를 즐기고 있는 중이었다.

중국에 유력한 힘을 가진 공무원 중 하나가 한경수에게

다가와 인사를 건넸다.

"안녕하십니까, 한 대표님! 오늘은 표정이 무척이나 밝으십니다. 혹시 무슨 좋은 일이라고 있으셨습니까?"

공무원의 말에 한경수가 호탕하게 웃음을 터뜨렸다.

"하하하. 그런 일이 있었죠. 하지만 그리 대단한 일은 아닙니다. 오히려 언젠가 벌어질 당연한 일이었지요."

공무원이 무슨 일인지 궁금해하며 넌지시 물었다.

"아, 총 대표님께서 그렇게 말하니 무척이나 궁금하군요. 혹시 저에게 무슨 일인지 귀띔을 해주실 수 있는 일입니까?"

한경수가 빙그레, 웃으며 고개를 저었다.

그러고는 말했다.

"죄송합니다. 이 일은 굉장한 비밀이거든요. 알면 다치실지도 모릅니다."

한경수는 그냥 평소처럼 웃은 것이지만 공무원은 당황했다.

그 미소가 왠지 끔찍하면서도 두렵게 느껴졌기 때문이었다.

"그, 그렇군요. 언젠가 다치지 않을 수 있을 때에 그 소식을 저도 들었으면 좋겠군요. 그럼 저는 이만."

공무원이 이 말을 남기고 서둘러 자리를 떴다.

하지만 한경수는 그런 공무원의 태도에도 아랑곳하지

않으며 미소만 짓고 있었다.

한경수와 함께 이 파티에 참석한 미네르바 소속 여배우가 그 미소를 보며 흠칫, 몸을 떨었다.

이내 한경수가 후후후, 하고 웃음을 흘렸다.

두렵게 느껴지는 겉모습과는 다르게 한경수는 지금 무척이나 기분이 좋은 상태였다.

자신의 성공보다 기쁜 일이 최근 있었기 때문이었다.

그것은 다름 아닌 컬쳐 필드의 위기였다.

한경수의 지시대로 각 언론사에 뿌려진 판보어에 대한 안 좋은 소문은 〈사랑해, 붉은 달〉을 파멸의 길로 이끌고 있었던 것이다.

한경수가 생각했다.

'아군의 승리보다 즐거운 것은 적군의 패배라고 했었나? 기분이 무척이나 좋군.'

그러나 좋은 기분은 오래 가지 않았다.

한경수의 오른팔 송 이사가 빠른 발걸음으로 들어와 한경수에게 귓속말로 전한 소식 때문이었다.

소식을 전해 들은 한경수가 파티장이라는 사실도 잊고 큰 소리로 되물었다.

"뭐? 강여운의 열애설이 터졌다고?"

◇ ◆ ◇

　정호와 강여운이 사귄다는 소식은 순식간에 언론을 타고 퍼져나갔다.

　그리고 엄청난 파급력을 불러일으켰다.

　[대박!ㅋㅋㅋ 드디어 강여운이 연애를?ㅋㅋㅋ]

　[상대가 문화왕이라니 충격이다ㅋㅋㅋㅋ]

　[그렇게 붙어 다니더니 결국 두 사람이 사귀게 되는구나ㅋㅋㅋㅋ]

　[아, 이거 솔직히 모르는 사람도 있었나?ㅋㅋㅋㅋ 예전부터 강여운이랑 문화왕이랑 사귄다는 소문 돌았는데ㅋㅋㅋㅋ]

　[설마 〈내 사랑 티라미수〉 직후의 일 말하는 거야?ㅋㅋㅋㅋㅋ 그때는 두 사람 안 사귀었다잖아ㅋㅋㅋ 기사 똑바로 안 보냐?ㅋㅋㅋㅋ]

　[연애 시작한 지 딱 반년 됐다잖아ㅋㅋㅋㅋ 진짜 너희 난독증 있냐?ㅋㅋㅋㅋ]

　[헐…… 그럼 우리 적태산은 어떻게 되는 거임?ㅇㅇ]

　[이러면 약간 몰입 깨지는데?ㅋㅋㅋㅋㅋ]

　[몰입도 몰입이지만 이거 판보어 사건 덮으려는 수작 아니냐?ㅋㅋㅋㅋ]

　[판보어 방금 사과문과 함께 앞으로의 활동 자제하며 자숙하겠다고 글 올라왔음ㅋㅋㅋㅋ]

[확실히 그렇다면 두 가지 일은 큰 연관성은 없어 보이네 ㅋㅋㅋㅋ 덮으려면 사과문조차 올리지 않았겠지ㅋㅋㅋㅋ]

[아니야, 아닐 거야! 우리 이서령이 어째서!]

[이제 강여운도 끝나겠구나ㅋㅋㅋ]

[끝나긴 뭘 끝나ㅋㅋㅋㅋ 할리우드 배우들 중에 연애 안 하거나 결혼 안 하는 사람도 있냐?ㅋㅋㅋㅋ]

[심지어 국내에서도 열애설 터지고 나서도 다들 활동만 잘함ㅋㅋㅋㅋ]

[약간 열애설 터지고 망한다고 보는 건 옛날 사고방식이지ㅋㅋㅋ 컬쳐 필드 총 대표, 오정호면 괜찮은 짝 같은데? ㅋㅋㅋㅋㅋ]

[ㅇㅇ베스트 중에 베스트라고 할 수 있지]

[강여운♥오정호! 예쁜 사랑하세요!]

[그런데 적태산은 어느 쪽에 붙는 거임?ㅋㅋㅋ 리치앙? ㅋㅋㅋ 리차오?ㅋㅋㅋ]

[아마도 리치앙 쪽에 붙지 않을까?ㅋㅋㅋ]

[그게 개연성 있지ㅋㅋㅋ 이서령이랑 잘되려면 욕심이 그나마 덜한 리치앙을 돕고 이성적으로 득실을 따져서 이서령을 데려오는 게 나을 테니깐ㅋㅋㅋㅋ]

[아ㅋㅋㅋ 빨리 다음 화 나와라ㅋㅋㅋ 현기증 난다ㅋㅋ ㅋㅋ]

[내가 중국판 보고 왔는데ㅋㅋㅋㅋ 적태산이 리치앙 쪽에

붙고 리차오 군대 격파한다ㅋㅋㅋ 그 과정에서 두 번의 큰 위기가 있는데 그것도 모두 잘 처리하고ㅋㅋㅋㅋ]

[그래서 이서령이랑 잘됨?ㅋㅋㅋㅋ]

[아직 거기까진 안 나왔고ㅋㅋㅋㅋ 이서령의 지혜로 큰 사건 하나를 해결하면서 리차앙이 대승을 거두는 분위기임ㅋㅋㅋ 리치앙은 결국 적태산과 이서령을 놔줘야 하지 않을까?ㅋㅋㅋㅋ]

[근데 리치앙이 놔줄까?ㅋㅋㅋ 리치앙도 아닌 척 욕심이 겁나 많잖아ㅋㅋㅋㅋㅋ]

[놔줘야 할걸?ㅋㅋㅋㅋ 솔직히 성나라의 영웅이라고 할 수 있는 적태산이 남으면 리치앙은 성나라 황제 되기 어려워짐ㅋㅋㅋㅋ]

[아…… 진짜 스포 꺼지라고!]

[제발 스포 종자들은 꺼져라!]

열애설 기사는 엄청난 파급력으로 판보어 사건을 덮어버리는 데 성공했다.

또한 〈사랑해, 붉은 달〉을 보는 데 방해를 한다는 의견도 의외로 많지 않았다.

〈사랑해, 붉은 달〉의 시청자들이 강여운과 이서령을 완벽하게 별개의 존재로 인식하고 있었기 때문이었다.

'이게 바로 여운이의 연기력인가? 배우와 등장인물을 동일시하는 건 들어봤어도 이 정도로 완벽하게 둘을 분리하

는 건 처음 보는군.'

그건 강여운이 지금껏 걸어온 행보 덕분에 발생한 일이
었다.

강여운은 수많은 굵직한 작품에서 각기 다른 인물을 완
벽하게 소화해냈다.

그때마다 사람들은 다양한 강여운과 만남을 가져야 했고
필연적으로 수많은 강여운을 바라보며 혼란을 느낄 수밖에
없었다.

그리고 이러한 혼란을 이겨내기 위해 자연스럽게 강여운
과 극중 등장인물을 분리시킨 것이었다.

'한 작품으로 큰 임팩트를 준 여배우의 열애설이 터지면
난리가 나는데 반해서, 다양한 연기 변신으로 꾸준히 연기
활동을 해온 여배우의 열애설은 축하의 글로 도배되는 일
이 잦다. 그건 바로 이런 이유 때문이겠지.'

어쨌든 결과적으로 정호와 강여운은 수많은 사람들에게
축하를 받을 수 있었다.

더불어 〈사랑해, 붉은 달〉에 대한 흥행도 지킬 수 있게
되었다.

◇ ◆ ◇

정호는 많은 사람들에게 축하를 받았다.

정호 주변의 사람들은 강여운과의 연애 사실을 알고 있었지만 모르는 사람도 적지 않았기 때문에 축하 문자와 축하 전화가 쏟아졌다.

심지어 결혼은 언제하냐고 묻는 사람도 있어서 난감했다.

대충 얼버무리긴 했지만 열애설까지 터진 상황이니 확실히 생각해 볼 만한 문제였다.

'결혼이라……'

하지만 그렇다고 해서 혼자 생각해 답이 나올 문제는 아니었다.

나중에 강여운과 천천히 상의를 해서 결정해야 할 문제였다.

정호는 고개를 저어서 생각을 날려 버리고 현재까지의 상황을 살피는 데 집중했다.

정호가 각종 축하를 받으며 떠들썩하게 지내는 사이 〈사랑해, 붉은 달〉은 종방까지 순조롭게 나아갔다.

그리고 마침내 16화에서 중국 시청률 3.9퍼센트를 찍을 수 있었다.

역대 중국 시청률 열 손가락 안에 드는 쾌거였다.

당연히 중국 언론은 난리가 났다.

'〈사랑해, 붉은 달〉의 성공을 포장하는 수식어가 쏟아졌지. 나는 이 세상에 그렇게 많은 수식어가 있었는지 상상도 못해 봤다.'

허풍이 심하다고 하더니 확실히 중국 언론은 수식어를
사용하는 수준부터가 달랐다.

〈사랑해, 붉은 달〉을 '중국에서만 뜨는 용의 달'이라고
표현하는 기사가 있을 정도였다.

하지만 중국인들은 이런 기사조차도 기쁘게 받아들였다.

허풍이라고 생각하기보다는 〈사랑해, 붉은 달〉은 당연히
이런 대우를 받을 만하다는 반응이었다.

정호도 내심 이런 평가를 받는 것이 기뻤다.

'문제는 한국에서의 시청률인데……'

한국에서 〈사랑해, 붉은 달〉은 15, 16화 방영만을 남겨둔
상태였다.

그리고 지금까지 기록된 〈사랑해, 붉은 달〉의 시청률은
놀랍게도 18.9퍼센트였다.

'열애설이 의외로 〈사랑해, 붉은 달〉에 큰 힘을 실어줬
지. 잘하면 15, 16화로 20퍼센트대의 시청률을 찍을 수도
있는 상황이다. 과연 어떻게 될까……?'

아쉽게도 정호는 최고 시청률 18.9퍼센트로 만족해야 했다.

〈사랑해, 붉은 달〉 15, 16화의 한국 시청률이 17퍼센트대로 다소 주춤했기 때문이었다.

성적표를 받아 든 정호가 생각했다.

'보통은 마지막 화로 갈수록 시청률이 오르는 편이지만 중국에서 먼저 마지막 화가 나오면서 이런 시청률이 나온 모양이군.'

그도 그럴 게 한국의 시청자들이 〈사랑해, 붉은 달〉의 마지막 화를 기다리는 2주 동안 중국에서 방영된 〈사랑해,

붉은 달〉의 마지막 화가 온라인상에 유포됐다.

그리고 한국의 시청자들은 한국의 마지막 화 방영을 기다리지 않고 〈사랑해, 붉은 달〉을 다운받아 자체적으로 만들어 낸 자막을 붙여서 보기 시작했다.

'한국의 젊은이들이 주 타깃층인 〈사랑해, 붉은 달〉이었으니 어쩔 수가 없는 일이다. 2주는 그들에게 너무나도 긴 시간이니깐.'

아쉽지만 받아들여야 하는 현실이었다.

어차피 당초 시청률이 10퍼센대 초반만 나와도 성공이라고 봤으니 18.9퍼센트의 시청률은 충분히 대단한 일이기도 했고.

'만족하자. 편성을 옮긴 주말 드라마까지도 시청률로 밀어낸 것은 충분히 엄청난 일이었으니깐.'

정호가 그렇게 마음을 다잡으며 기사들을 훑었다.

기사들도 떨어진 시청률보다는 〈사랑해, 붉은 달〉이라는 작품이 한국 드라마에 미친 영향에 대해서 주목하는 편이었다.

간혹 20퍼센트대를 넘지 못했다는 걸 꼬집는 기사도 몇몇 있었지만 그 수가 별로 많지는 않았다.

또한 온라인상에서도 보통 〈사랑해, 붉은 달〉의 대단함에 대해서 이야기하는 편이었다.

특히 그중에서도 컬쳐 필드를 호평하는 댓글들이 눈에 띄었다.

161

[자막으로 봐야 했던 드라마가 이렇게 성공할 수 있었던 것은 진짜 강여운의 힘이었다ㅋㅋㅋㅋ]

[컬쳐 필드는 이제 진짜 무조건 믿고 따라가야 한다고 본다ㅋㅋㅋ 오정호는 도무지 실패를 모르네ㅋㅋㅋㅋ]

[아니ㅋㅋㅋ 어떻게 이런 두 사람이 연인이 된 거지?ㅋㅋㅋㅋ 이렇게 대단한 사람들이?ㅋㅋㅋㅋㅋ]

[무슨 소리야ㅋㅋㅋㅋ 서로 대단하니깐 서로 연애를 하고 있는 거겠지ㅋㅋㅋㅋㅋ]

[근데 해외 시장부터 공략하겠다는 미네르바는 어디 간 거냐?ㅋㅋㅋㅋ]

[〈중화의 돈〉이라는 드라마 찍었다가 연출 때문에 중국에서 폭망함ㅋㅋㅋㅋㅋㅋ]

[연출을 싸구려로 쓴 거임?ㅇㅇ]

[싸구려라니ㅋㅋㅋ 왕궈 감독이었는데ㅋㅋㅋ 영화 찍던 사람이라 드라마판에 적응 못한 듯ㅋㅋㅋㅋ]

[국내에서는 컬쳐 필드랑 그래도 여러 부문에서 비슷한 수준을 유지하던데 해외에서는 도무지 힘을 못 쓰는구나ㅋㅋㅋㅋ]

[미네르바의 영화 몇 개가 국내에서는 중박을 터뜨렸지ㅋㅋㅋ 드라마 쪽으로도 좋은 모습을 보여주고 있고ㅋㅋㅋㅋ 물론 그건 컬쳐 필드도 마찬가지지만ㅋㅋㅋㅋ]

[그럼 미네르바는 국내용인 거임?ㅋㅋㅋㅋ]

[〈중화의 돈〉에 이어서 드라마 하나 더 들고 나온다니깐 그것까지 봐야 할 듯ㅋㅋㅋ]

[보긴 뭘 봐ㅋㅋㅋ 어차피 망할 텐데ㅋㅋㅋㅋ 그나저나 컬쳐 필드는 언제 다시 중국 드라마를 낼까?ㅋㅋㅋ 규모가 커서 확실히 볼 맛이 있던데ㅋㅋㅋㅋ]

[컬쳐 필드는 지금 짓고 있는 중국 지부 건물이 완성되는 대로 사극 하나 더 찍어서 내보낸다는 소문이 있음ㅋㅋㅋ]

[컬쳐 필드 중국에 건물 지음?ㅋㅋㅋ]

· [사극 세트장 형식으로 중국 지부 건립 중이라고 얼마 전에 기사 떴었다ㅋㅋㅋ 이걸로 우리나라의 열악한 세트장 문제를 해결하겠다고ㅋㅋㅋㅋ]

[역시 컬쳐 필드bb]

[확실히 개념이 다르다ㅋㅋㅋㅋ]

정호는 고개를 끄덕이며 모니터 화면에서 물러났다.

중국 시장은 〈사랑해, 붉은 달〉로 어느 정도 안정화가 됐다고 보는 것이 옳았다.

〈사랑해, 붉은 달〉은 단순히 한 편의 드라마가 아니었다.

중국 전체에 엄청난 영향력을 끼치고 있었고 컬쳐 필드의 직원들은 매일 수백 통의 전화를 받으며 광고, 차기작 드라마, 특별 출연, 화보 촬영 등의 질문과 제의를 받고 있었다.

'굉장한 수익이 물밀듯이 들어오고 있다. 이제 1년 내내 광고만 찍어도 중국 시장에서 기반을 쌓는 것은 어렵지 않지. 물론 조만간 중국에서 또 다른 작품에 들어가야 하겠지만.'

◇　◆　◇

하지만 중국에서 다음 드라마를 담당할 사람은 정호가 아니었다.

정호는 일본으로 넘어가 새로운 도전을 할 생각이었다.

'중국 시장은 어느 정도 안정화가 됐다. 종영 후 2주라는 시간이 지나면서 가장 바쁠 시기도 넘겼고. 이제 일본 시장을 공략할 차례다.'

이러한 뜻을 정호가 컬쳐 필드의 주요 인사들에게 전했다.

그리고 정호의 뜻에 모두가 동의했다.

그럴 수밖에 없는 게 컬쳐 필드 중국 지부는 누가 맡아도 잘 이끌어갈 수 있을 정도의 성장세를 탔기 때문이었다.

〈사랑해, 붉은 달〉로 얻어낸 파급 효과라면 드라마 두어 개가 망해도 중국 지부를 어렵지 않게 이끌어 갈 수 있는 그런 상태였다.

정호가 주요 인사들을 모아 놓고 입을 열었다.

컬쳐 필드의 주요 인사는 다름 아닌 민봉팔, 강철두,

윤 대표, 조 대표, 정 대표, 황 대표, 예중태, 하기진이었다.

"기진 씨의 노고로 중국 지부 건립은 거의 완료된 상태입니다. 후반부 작업만이 남은 상태죠. 또한 중국 지부 건립과 함께 황 대표가 꾸준히 준비했던 한중 합작 영화가 중국에서 개봉될 예정이고요. 그렇게 되면 컬쳐 필드의 입지는 중국 시장에서 완벽하게 안정기에 접어들 겁니다. 그에 따라 더 이상 중국 시장에 매달릴 필요는 없게 되었습니다."

정호의 말에 모여 있는 사람들 모두가 고개를 끄덕였다.

윤 대표가 입을 열었다.

"확실히 중국 시장에 전념할 이유가 사라졌지. 그렇다면 오 대표는 일본으로 건너갈 생각인가?"

정호가 고개를 끄덕이며 답했다.

"네, 그럴 생각입니다."

조 대표가 끼어들었다.

"일본이라…… 꼭 공략할 필요가 있는 시장이지요. 하지만 그러면 중국 지부는 누가 맡게 됩니까?"

조 대표의 질문에 모두의 시선이 정호에게 쏠렸다.

확실히 그건 해결이 되지 않으면 안 되는 문제였다.

정호가 걱정이 묻어난 시선을 느끼며 천천히 입을 열었다.

"저는…… 양 팀장을 추천합니다."

회의실에 모여 있던 주요 인사들이 아, 하고 낮은 탄성을 내질렀다.

실망감이 아니었다.

전혀 예상하지 못한 인사 조치였기 때문이었다.

또한 동시에 아주 적절한 인사 조치이기도 했다.

정호에게 질문했던 조 대표가 생각에 잠긴 채 먼저 중얼 거리듯 말했다.

"양 팀장이라면…… 충분하지요."

윤 대표가 조 대표의 말을 받았다.

"좋은 인재입니다. 능력 있는 인재이기도 하고요. 분명 중국 지부를 잘 이끌 겁니다."

다른 사람들도 저마다 양 팀장에 대한 생각을 꺼내 놓았다.

다들 양 팀장이 중국 지부를 맡는 것에 대해서 긍정적으로 평가했다.

그동안 실적이 없어서 그렇지 경험만큼은 웬만한 이사급 인사에 못지않은 사람이 양 팀장이기도 했다.

지금은 확실한 실적마저 만들어 낸 상태였고.

'양 팀장의 가장 큰 장점은 아랫사람의 말에 귀를 기울 일 줄 안다는 것이다. 아직 자잘한 부분에서 실수를 내기도 하는 양 팀장이지만 분명 이런 장점으로 중국 지부를 잘 이 끌 거야.'

그렇게 컬쳐 필드 중국 지부장은 양 팀장으로 결정됐다.

◇ ◆ ◇

정호는 일본으로 가기 위해 광저우 바이윈 국제공항을 찾았다.

새로운 도전을 위해 움직이는 정호였지만 마음만은 편했다.

중국 시장이라는 큰 산을 정복한 이후였기 때문이었다.

그래서 그런지 마음에 여유가 생겼고 주변 풍경도 평소보다 눈에 잘 들어오는 기분이었다.

'그래. 이런 곳이었지. 내가 이런 곳에 〈사랑해, 붉은 달〉이라는 씨앗을 심었다.'

이렇게 감상에 잠긴 채 공항에 도착한 정호였다.

그리고 공항으로 들어서자마자 깜짝 놀랐다.

눈앞으로 진풍경이 펼쳐진 탓이었다.

정호를 맞이한 것은 〈사랑해, 붉은 달〉 주연 배우들의 사진이 큼직하게 프린팅 되어 있는 대형 현수막이었다.

'이런 게 있었나?'

광저우 바이윈 국제공항을 통해서 중국과 한국을 뻔질나게 드나들었던 사람이 정호였다.

심지어 불과 며칠 전에도 주요 인사들과의 회의를 위해서

167

한국을 다녀온 참이었다.

그때에는 이런 현수막을 보지 못했다.

'아니, 아니지. 있었는데 내가 바빠서 보지 못했을 가능성도 있다.'

하지만 바빠서 보지 못했던 것이 아니라는 걸 금방 알 수 있었다.

일본으로 가기 전, 뭔가를 사갈까 싶어서 들린 면세점에도 온통 〈사랑해, 붉은 달〉의 사진이 붙어 있었기 때문이었다.

화장품, 귀금속, 빵가게, 밥집, 기념품점 등 모든 것이 온통 〈사랑해, 붉은 달〉투성이었다.

그러자 이게 어떤 상황인지 파악할 수 있었다.

'그동안 부지런히 찍었던 광고들이 일시에 풀린 거구나. 그러면서 자연스럽게 이런 상황이 펼쳐진 것이고.'

사정을 파악한 정호가 씨익, 미소를 지었다.

동시에 발걸음이 한결 가벼워진 것 같은 느낌이 들었다.

한눈에 보기에도 중국 시장에 대한 걱정은 전혀 할 필요가 없었기 때문이었다.

'양 팀장이 계속 중국 시장을 잘 틀어쥐었으면 좋겠군. 양 팀장이라면 분명 해낼 수 있을 거다.'

정호는 면세점 근처를 어슬렁거리며 〈사랑해, 붉은 달〉 주연 배우들의 사진을 구경을 했다.

그런 뒤, 잠시 후 정호가 기다리고 있던 일본행 비행기가 곧 출발한다는 소식을 듣고 발걸음을 옮겼다.

하지만 그런 정호의 손에는 아무것도 들려 있지 않았다.

이미 큰 선물을 받은 기분이라서 아무것도 살 수가 없었던 것이다.

◇ ◆ ◇

거대한 저택.

그곳에서 거대한 소파에 앉아 거대한 화면으로 〈사랑해, 붉은 달〉을 다시보기 하고 있는 사람이 있었다.

그 사람은 바로 후앙 훼이였다.

"역시 걸작이야! 역시 대단한 작품이야!"

정호의 생각대로 후앙 훼이는 열렬한 드라마광이었다.

그런 까닭에 충졍이라는 회사를 운영한 것이었고 지금도 자신의 투자로 만들어낸 〈사랑해, 붉은 달〉을 보며 흡족해하고 있었다.

"슬슬 새로운 작품에 들어가야 할 텐데 컬쳐 필드 쪽에서는 연락이 없는 건가?"

후앙 훼이가 혼잣말을 하듯 말하자 옆에 시립하고 있던 한 사내가 입을 열었다.

"아직은 없습니다. 하지만 조만간 연락이 올 거라고 생각합니다."

후앙 훼이는 〈사랑해, 붉은 달〉이 나오고 있는 거대한 화면에서 눈을 떼지 않은 채 대꾸했다.

"그렇군."

하지만 사내는 물러서지 않고 조심스럽게 말을 이어 나갔다.

"그런데 한 가지 걸리는 게 있습니다……."

"뭔가?"

"컬처 필드 중국 지부의 지부장이 임명될 것 같습니다. 그에 따라 오정호 대표는 중국 시장에서 손을 뗄 것으로 보이고요."

후앙 훼이의 표정이 탁, 하고 굳어졌다.

동시에 후앙 훼이가 리모컨으로 〈사랑해, 붉은 달〉의 재생을 멈췄다.

후앙 훼이의 옆으로 시립해 있던 사람들 사이에서 긴장감이 맴돌았다.

잠시 후, 뭔가를 생각하던 후앙 훼이가 리모컨으로 〈사랑해, 붉은 달〉을 다시 재생시키며 말했다.

"지부장은 양 팀장이겠지?"

사내가 답했다.

"네, 맞습니다."

후앙 훼이가 고개를 끄덕이며 말했다.

"그럼 그냥 두게. 오 대표가 내정한 사람이야. 분명 우린 충칭과는 호흡이 잘 맞을 테지. 나는 오 대표를 믿네."

그러자 후앙 훼이 옆에 시립해 있던 사람들의 표정이 풀어지며 기묘하게 변했다.

후앙 훼이의 입에서 누군가를 믿는다는 얘기를 듣는 게 처음이었기 때문이었다.

　사실 기반이 없는 소속사의 입장에서 일본 시장에 진출하기란 쉽지가 않았다.

　그럴 수밖에 없는 게 일본 시장은 이미 선두 주자라고 할 만한 회사들이 꽉 잡고 있었기 때문이었다.

　특히 정호가 도전하려고 마음을 먹은 음악 시장은 더더욱 그랬다.

　예전에 설명한 바가 있듯이 일본은 3대 음반 회사가 거대한 진입 장벽을 쌓아둔 채 음악 시장을 철저하게 방어하고 있었다.

　나리타행 비행기 비즈니스석에 앉은 채 정호가 속으로

생각했다.

'3대 음반 회사의 힘은 방송국과도 긴밀히 연결돼 있지. 마치 컬쳐 필드가 MBS와 긴밀하게 연결돼 있는 것처럼. 지금껏 청월이 일본 음악 시장에 진출을 할 때마다 매번 3대 음반 회사 중 하나인 네시라와 거래를 한 것도 이런 이유 때문이었지.'

결국 일본의 음악 시장에서 지부를 세우고 궁극적으로 일본 3대 음반 회사와 경쟁을 하기 위해서는 협력자의 도움이 필연적이었다.

그리고 정호는 이미 이런 부분을 고려하여 협력자를 찾은 상태였다.

'얼마 전 연락했을 때는 회사를 설립하고 기반을 다지는 데 주력하고 있다고 했었지? 얼마나 일을 진행했으려나⋯⋯.'

정호는 기대감을 가지며 일본에서 일어날 일에 대한 여러 가지의 일을 가정하며 시간을 보냈다.

그리고 그렇게 일본 시장 진출에 대한 여러 계획을 세우는 사이 비행기가 나리타 국제공항에 도착했다.

그때까지 괜찮은 전략 하나를 떠올려 가닥을 잡고 있던 정호가 생각을 털어냈다.

'고민할 필요 없이 직접 확인해 보면 되겠지. 일본의 일을 맡겨둔 카즈마가 얼마만큼 준비를 했는지 말이야.'

173

그랬다.

정호가 일본 진출의 협력자로 점찍은 사람은 다름 아닌 나가모토 카즈마였다.

밀키웨이의 첫 일본 진출 때부터 네시라의 직원으로서 최선을 다해 정호를 도왔던 바로 그 카즈마 말이다.

정호가 나리타 국제공항의 입국장을 나서자마자 카즈마가 멀리서 정호를 불렀다.

"총 대표님! 여기입니다! 이쪽을 봐주세요!"

뒤늦게 카즈마를 발견한 정호는 그쪽으로 다가가 인사했다.

"반갑습니다, 카즈마. 그동안 잘 지냈나요?"

카즈마가 대꾸했다.

"어색하게 왜 그러세요. 저번 달에도 만났고 이틀에 한 번씩 전화 통화도 하는 사이면서."

확실히 정호는 일본 시장 진출을 언제나 염두에 뒀기 때문에 카즈마와 자주 소통하는 편이었다.

능력을 인정받아 네시라의 전무 자리까지 올랐던 카즈마는 독립을 하기 위한 기회를 엿보고 있었고 평소 카즈마를 눈여겨보고 있던 정호는 그러한 사실을 알아채고 사업을 제의했다.

그 결과, 탄생한 것이 컬쳐 필드의 일본 지부 역할을 하게 될 '교진'이었다.

'중국으로 넘어오기 전부터 준비해 온 일이었지. 일본 시장을 공략하려면 중국 시장 공략에 두 배 이상의 시간이 필요할 것이라고 생각하고 미리 움직인 결과였다.'

그런 까닭에 교진은 회사로서의 구색을 어느 정도 갖춘 상태였다.

또한 오랫동안 카즈마가 눈여겨보고 있던 신인 가수 몇 사람과 계약을 맺기도 했다.

'당장 회사의 성장에는 도움이 되지 않겠지만 신인 가수와 계약을 했다는 것은 좋은 일이지. 추후에 회사가 성장했을 때 뒤를 든든하게 받쳐 줄 기반을 얻었다는 뜻이니깐……'

정호는 교진을 성장시키기 위한 큰 그림을 어느 정도 짜둔 상태였다.

청월에 소속돼 있는 걸출한 가수들을 통해 교진을 알리며 입지를 높여 나간다는 전략이었다.

특별하지 않고 다소 단순한 전략이지만 효과만큼은 확실하다고 할 수 있었다.

생각을 정리하며 정호가 대꾸했다.

"제가 너무 어색하게 굴었나요? 중국 공기를 오래 마시다 보니 조금 마음이 싱숭생숭했던 모양입니다. 그나저나 먼저 온 사람들은 어디에 있습니까?"

카즈마가 빙그레, 웃으며 대답했다.

"어디에 있긴요. 회사에서 목이 빠져라 총 대표님을 기다리고 있죠. 같이 총 대표님을 데리러 오겠다고 하시는 걸 제가 만류하고 혼자 온 것이니 서운해 하지 마세요."

정호가 웃으며 대답했다.

"하하하. 서운하긴요. 오히려 그 사람들이 저를 데리러 나왔다면 제가 괜히 어색했을 겁니다. 원래 그런 배려라고는 1도 없는 사람들이거든요."

정호의 반응을 재미있어 하며 카즈마가 말을 받았다.

"후후후. 역시나 그렇군요. 그럴 줄 알았습니다."

정호가 고개를 끄덕이며 말했다.

"그렇지요. 그럼 출발해 볼까요? 총 대표의 권위를 좁쌀처럼 아는 부하 직원들을 어서 혼내주러 가야겠어요."

교진의 사옥은 도쿄에서 조금 떨어진 한적한 동네에 있었다.

작지만 생각한 것보다 깔끔한 건물이었다.

뿐만 아니라 내부도 아기자기하고 실용성 있게 꾸며져 있었다.

'디테일에 공을 들인 느낌이군. 이런 걸 두고 일본인답다고 하면 되려나?'

카즈마가 옆에서 열심히 사옥에 대해서 설명했다.

사옥을 구하고 꾸미는 모든 부분을 정호는 카즈마한테 일임했는데 그래서 그런지 카즈마는 이 사옥이 정호의 마음에 들었으면 하는 눈치였다.

"1층은 안내데스크, 응접실, 휴게실이 있습니다. 2층은 녹음실과 연기 연습실이 있고, 3층은 사무실과 회의실, 그리고 지부장실이 있습니다. 마지막으로 지하 1층은 안무 연습실과 보컬 연습실입니다."

지하까지 합쳐서 총 4층으로 된 사옥을 꽤나 알차게 활용하고 있었다.

정호가 카즈마를 칭찬했다.

"잘 꾸며 놨군요. 무엇보다 직원들의 표정이 좋고 활기찬 게 마음에 듭니다."

카즈마가 고개를 숙이며 답했다.

"감사합니다. 그럼 이쪽으로 오시죠. 총 대표님에게 혼쭐이 나기 위해 다른 분들이 기다리고 계십니다."

카즈마의 안내를 따라 정호는 3층 회의실로 이동했다.

그곳에는 정호보다 하루 앞서서 일본으로 출발한 민봉팔과 강철두가 정호를 기다리고 있었다.

일본 편의점에서 사온 도시락을 까먹으며.

정호가 등장하자 탁, 하고 젓가락질을 멈춘 두 사람이었다.

정호가 두 사람을 보고 말했다.

"하루 못 본 사이에 팔자가 무척이나 좋아졌군요. 카즈마를 혼자 공항으로 보내놓고 도시락을 까먹는 꼴이라니."

정호의 말에 민봉팔과 강철두가 어색하게 "하, 하, 하." 하고 웃었다.

민봉팔이 자신의 도시락을 슬쩍 정호를 향해 내밀며 말했다.

"너도 먹을래?"

그 모습을 보며 간신히 웃음을 참던 카즈마가 빵, 하고 터졌다.

카즈마가 웃으며 말했다.

"하하하. 직원들에게 시켜서 도시락을 더 사오라고 하겠습니다. 일단 먹고 시작하시죠?"

카즈마의 말에 정호가 민봉팔의 도시락을 툭, 하고 치며 말했다.

"그럼 난 오키나와 소바로."

정호의 센스에 이번에는 민봉팔과 강철두의 웃음이 터졌다.

교진의 직원들이 사온 도시락을 사이좋게 나눠 먹은 네 사람은 본격적인 회의를 시작했다.

회의라기보다는 사실 카즈마의 일방적인 보고에 가까웠다.

카즈마가 피피티를 띄워 놓은 채 현재까지 일본에서 진행된 업무의 결과를 보고했다.

"현재 교진의 직원은 총 12명으로 로드 매니저가 2명, 실장급 매니저가 2명, 보컬 트레이너 1명, 안무 트레이너 1명, 연기 트레이너 1명, 기획팀 직원 2명, 홍보팀 직원 2명, 경영지원팀 1명으로 구성되어 있습니다."

카즈마는 직원들의 프로필 사진과 함께 직원들의 구성부터 차근차근 설명해 나갔다.

또한 이 직원들을 통해서 현재 회사를 어떻게 운영해 나가고 있는지도 빠짐없이 말했다.

"······두 명의 신인 가수와 계약을 한 상황이지만 스케줄이 많지 않기 때문에 실장급 매니저 2명은 각각 스케줄을 잡기 위해, 새로운 인재를 캐스팅하기 위해 분주하게 움직이고 있습니다. 저 역시 신인 가수 두 사람에게 기회를 열어주기 위해 각고의 노력을 기울이고 있지만, 확실히 두 신인 모두 아직 자리를 잡지는 못한 상황입니다······."

카즈마의 설명이 계속될수록 일본 음악 시장 진출이 얼마나 힘든지가 피부에 와 닿았다.

'네시라의 경력으로 어느 정도 기반을 다진 후 독립을 한 카즈마조차도 이 정도의 어려움을 겪다니······.'

이런 생각이 절로 들었기 때문이었다.

동시에 정호는 강여운을 데리고 다니던 청월의 초창기 시절이 생각나기도 했다.

'물론 그때보다도 교진의 상황이 더 어렵지만…… 손 대표가 있던 청월의 창립 시기가 이와 비슷했을까?'

정호는 속으로 이런 생각을 하며 마음을 굳혔다.

정석대로 성장을 하려면 확실히 시간이 너무 많이 소요됐다.

정호가 생각해 온 대로 일본에서 어느 정도 인지도를 쌓은 청월 소속 가수들의 힘을 빌려야 할 것 같았다.

'청월 가수의 소속을 옮겨서라도 교진의 위상을 높일 필요가 있을 것 같다. 3대 음반 회사의 견제가 심해지겠지만 아예 교진이 컬쳐 필드의 일본 지부라는 사실을 밝히는 게 나을지도 몰라. 그런 식으로라도 적극적으로 일본 음악 시장을 공략해야 해.'

정호가 그런 생각을 하며 민봉팔과 강철두를 바라봤다.

민봉팔과 강철두도 비슷한 생각을 했는지 정호를 향해 고개를 끄덕여 보였다.

일본 시장 공략의 큰 그림에 대해서 두 사람에게 설명을 해둔 상태였기 때문에 두 사람은 정호의 눈빛만 봐도 정호가 무슨 생각을 하는지 알았던 것이다.

'흠…… 그렇다면 누굴 일본 시장으로 데려오는 게 좋을까…… 블루 도넛? 아니면 타이탄? 조금 약한가? 그렇다면 지킬이나 하이드?'

밀키웨이 멤버들을 데려온다면 효과가 최고겠지만 그럴 수는 없었다.

중국 시장이야 북미 시장에 비빌 만할 정도로 파이가 크기 때문에 강여운을 데려와도 상관없었지만 일본 시장 파이의 크기는 그 정도가 아니었다.

만약 북미 시장을 중심으로 세계를 누비는 밀키웨이를 데려와서 일본 시장에 가둬둔다면 큰 손해를 볼 것이 분명했다.

'밀키웨이 멤버들은 피처링과 특별 무대 등으로 교진에 도움을 주는 것만으로 충분해. 더 큰 욕심을 부리다가는 황금알 낳는 거위의 배를 가르는 꼴이 된다.'

또한 정문복, 아웃라이더는 교진의 위상을 높이는 데 부적합했다.

힙합이라는 장르는 결국 어느 정도 마이너를 위한 음악이었기 때문이었다.

만약 정문복이나 아웃라이더를 교진의 간판스타로 내세운다면 교진은 힙합이라는 개성으로 색깔이 굳어질 우려가 있었다.

'결국 대중성이라는 부분을 간과하지 않을 수 없다.

그럼 자연스럽게 블루 도넛도 밴드라는 점에서 약간 우선순위가 밀릴 수밖에 없겠군.

그렇게 정호는 타이탄, 지킬, 하이드를 두고 한창 저울질을 했다.

셋 다 장단이 확실했다.

타이탄은 팬층이 탄탄하고 인지도도 있었지만 이미 아시아 시장에서도 어느 정도 한계를 드러내고 있는 상태였다.

그에 반해 지킬과 하이드는 더욱 신선하고 파급력이 있는 아이돌 그룹이었지만 지킬이나 하이드를 따로 일본 시장에 진출시킬 수 없다는 점이 부담으로 작용했다.

'누가 나을까…… 누가 더 일본 음악 시장에 적합할까…….'

그렇게 고민에 빠져 있을 때였다.

마침내 카즈마가 교진에 소속된 두 명의 신인 가수에 대해서 설명을 하기 시작했다.

"교진의 소속된 두 가수의 사진부터 보여드리겠습니다."

이렇게 말을 하며 카즈마가 화면을 넘겼고 두 신인 가수의 사진이 뜬 순간 정호는 자신의 계획을 전면 수정할 수밖에 없었다.

'저 두 사람은……!'

16장. 먼저 제안하겠습니다

　정호는 교진에 대해서 아무런 기대도 갖지 않은 상태였
다.

　카즈마의 능력을 믿긴 했지만 이전의 시간에서 카즈마는
큰 이름을 알리지 못한 상태였기 때문이었다.

　물론 정호는 카즈마의 존재를 알고 있었다.

　'이전의 시간에서 카즈마는 독립하지 않았다. 계속 네시
라의 전무였지. 나는 전무였던 카즈마와 안면이 있는 사이
였고.'

　그런 까닭에 정호는 교진에 대해서 아무런 기대도 가질
수 없었다.

카즈마 독립 자체가 이번 시간에서 발생한 일이었기 때문이었다.

하지만 카즈마가 교진을 건립하고 계약한 두 명의 신인 가수를 보자마자 정호는 놀라지 않을 없었다.

'카와나 유미와 세키 란이라니…… 어떻게 카즈마는 두 사람을 모두 영입할 생각을 한 거지?'

카와나 유미와 세키 란은 '디퍼런트 트윈'이라는 팀으로 활동한 일본 아이돌 가수였다.

화려한 안무보다는 뛰어난 가창력을 기반으로 한 발라드 음악으로 남녀 가릴 것 없이 모든 사람들에게 사랑을 받았다.

'특히 음악을 통해서 세대의 공감을 얻어내는 능력이 무척이나 뛰어났지. 그 덕분에 일본을 넘어서 아시아 전체에서 활동하는 대형급 가수가 될 수 있었다.'

동시에 조금 안타까운 케이스이기도 했다.

아시아 전체에서 활동하는 대형급 가수가 되었음에도 불구하고 소속사의 업무 능력 부족으로 세계 시장에는 발을 들여놓지 못했던 것이다.

'나중에라도 더 큰 기획사로 갔으면 빛을 봤을 텐데 거의 종신이나 다름없는 계약에 묶여서 그러지도 못했지. 그런데 그런 가수 둘을 교진에서 영입했다고?'

놀라지 않을 수 없는 일이었다.

매니지먼트의 제왕 9

카즈마가 독립하여 교진을 설립한 것만으로도 이렇게 현재의 일이 바뀌다니 말이다.

정호가 이런 생각에 빠져 있는 사이 카즈마가 두 신인 가수에 대한 설명을 이어 나갔다.

"카와나 유미 양은 시원시원한 이목구비와 큰 키가 매력적이면서도 섹시한 매력을 살리기 위해서 노력하고 있습니다. 서구적인 이미지를 부각시키는 방식이죠. 반면에 세키 란은 애교가 많고 귀여운 전형적인 일본의 미인이라고 할 수 있습니다."

그렇다고 해도 보통 한국인이 생각하는 서구적인 미인과 동양적인 미인의 개념은 아니었다.

서구적인 미인을 지향하는 카와나 유미조차도 한국인의 기준으로 봤을 때는 애교가 많고 귀여운 느낌이었다.

'그게 일본인이 선호하는 미인상이니깐 어쩔 수 없지. 어차피 두 사람은 가수다. 중요한 건 노래야.'

하지만 이어진 카즈마의 설명에 정호는 의아해하지 않을 수가 없었다.

카즈마는 '디퍼런트 트윈'으로 아시아 전체에서 사랑을 받았던 카와나 유미와 세키 란을 솔로 가수로 데뷔시켰던 것이다.

"두 사람은 현재 각기 다른 매력을 품은 채 가창력과 실력을 인정받아 정규 음악 방송의 출연까지 따낸 상황입니다.

앞으로 계속 활동을 한다면…….”

정호가 카즈마의 말을 끊고 질문했다.

“잠깐만요. 제가 봤을 때 카와나 유미 양과 세키 란 양은 솔로보다는 두 사람이 한 팀으로 활동할 때 더 빛날 것 같은데요? 가창력이 훌륭하다는 공통점과 매력 포인트가 다르다는 점이 상호 보완의 효과를 낼 가능성이 충분해 보여요.”

정호의 말에 민봉팔과 강철두가 고개를 끄덕였다.

민봉팔과 강철두도 카와나 유미와 세키 란이 한 팀으로 움직일 때 더 주목을 받을 거란 생각을 했기 때문이었다.

하지만 정호의 말에 카즈마는 난감하다는 듯 볼을 긁적이며 대답했다.

“저희도 그렇게 생각했습니다. 하지만 그럴 수가 없었어요. 두 사람이 각자 솔로 가수로 활동하기를 강력하게 희망했거든요.”

전혀 예상하지 못했던 난관이었다.

정호가 기억하기로 카와나 유미와 세키 란은 한 팀의 동료인 동시에 절친한 친구 사이이기도 했기 때문이었다.

정호는 궁금증을 참지 못하고 카즈마에게 물었다.

"어째서 솔로 가수를 고집하는 건가요? 요즘 아시아의 트렌드상 아무런 기반도 없이 솔로 가수로 데뷔를 해서는 주목받지 못한다는 걸 두 사람 역시 알고 있을 텐데요?"

카즈마가 고개를 끄덕이며 대꾸했다.

"맞습니다. 두 사람도 그걸 알고 처음에는 한 팀으로 활동하려고 했죠. 실제로 데뷔를 하기 위해서 연습도 같이 했고요. 하지만 곡 선정 과정 중에서 좋지 않은 일이 발생했습니다."

"뭔가요?"

정호의 질문에 카즈마는 볼을 다시 한 번 긁적이며 답했다.

"두 사람이 추구하는 음악의 장르가 완전히 달랐어요. 그런 까닭에 데뷔곡으로 나온 두 곡 중 어느 곡을 타이틀곡으로 할 것인가에 대해서 첨예하게 대립한 것이죠. 그러면서 당연한 수순처럼 감정의 골이 깊어졌고 결국 데뷔 자체가 엎어졌습니다. 저희로서는 어쩔 수 없이 차선책으로 두 사람이 원하는 대로 두 사람에게 각각 원하는 곡을 주어 솔로 가수로 데뷔시킬 수밖에 없었고요."

어떤 상황인지 어렵지 않게 알 수 있었다.

연예계에서 이런 일은 상당히 비일비재한 편이었다.

'그리고 보통은 가수의 말을 들어주기보다는 소속사가 일방적으로 일을 밀어붙이는 편이지. 아마 이전의 시간에

187

서도 이런 일이 있었을지도 모른다. 하지만 두 사람의 의견은 받아들여지지 않았을 거고.'

억지로 한 팀으로 데뷔를 한 후 점차 관계가 개선됐을 가능성이 확실히 높았다.

하지만 교진은 청월과 마찬가지로 소속 연예인의 의견을 존중하는 편이었다.

그러다 보니 두 사람은 자신들의 요구대로 솔로 가수로 데뷔할 수 있었고 그렇게 관계가 개선될 여지조차 사라진 것이었다.

'복잡하게 꼬여버렸군. 복이 굴러 들어왔다고 생각했는데 그것도 아닌 건가?'

그사이 카즈마는 두 신인 가수에 대한 보고를 끝마쳤다.

이후의 보고는 특별할 것이 없었다.

두 신인 가수가 데뷔를 하여 정규 음악 방송의 출연을 따냈지만 성공 가능성은 무척이나 낮다는 냉정한 평가가 잇따랐을 뿐이었다.

어쩔 수 없는 일이었다.

'회사가 당초에 추구한 전략대로 데뷔를 해도 힘든 상황에, 전략과는 다르게 데뷔를 했으니 주목을 끌지 못할 수밖에……'

정호가 카즈마에게 물었다.

"두 사람은 알고 있나요? 이대로 계속 활동을 했다간 소리

소문 없이 연예계에서 자취를 감추게 될 가능성이 높다는
걸?"

카즈마가 대답했다.

"얼마 전까지는 그 사실을 인정하지 않았지만 지금은 그
런 쪽으로 부담을 느끼는 것 같습니다. 요즘 무척이나 불안
해하는 듯한 인상을 주더군요."

정호는 고개를 끄덕였다.

확실히 상황이 이렇게 진행 중이라면 바보가 아닌 이상
그런 생각을 하지 않을 수 없었을 것이다.

"좋습니다. 잠깐 10분간 쉬고, 일단 두 사람의 데뷔곡을
들어보죠. 그러고 나서 교진의 사업 방향에 대한 저의 생각
을 말하겠습니다."

◇ ◆ ◇

정호가 화장실을 가기 위해 잠시 자리를 비운 사이 강철
두가 민봉팔에게 말을 걸었다.

"무슨 일일까요? 저는 지금까지 총 대표님이 청월 소속
의 가수로 일본 음악 시장을 공략할 거라고 생각했는
데……."

민봉팔이 고개를 끄덕이며 답했다.

"저도 그렇게 생각했습니다. 신인을 발굴하여 일본 음악

189

시장을 공략하는 것은 확실히 여러 가지 위험 요소가 많으니까요. 시간도 오래 걸리고요. 하지만 표정을 보니 생각이 바뀐 것 같습니다."

강철두가 대꾸했다.

"확실히 그런 느낌이었습니다. 이럴 때는 도무지 어떻게 해야 할지 모르겠습니다. 총 대표님이 어떤 생각을 하고 계신지 전혀 따라잡을 수가 없으니……."

민봉팔이 웃으며 말했다.

"그럴 겁니다. 저도 가끔 그런 생각을 하곤 하니까요."

강철두가 조금 놀라며 물었다.

"민 이사님처럼 오래 총 대표님과 함께하신 분도요?"

순순히 고개를 끄덕이며 민봉팔이 입을 열었다.

"워낙 비범한 친구이자 직장 상사이니까요. 하지만 분명 좋은 쪽으로 얘기가 풀릴 겁니다."

민봉팔과 강철두가 그렇게 한국말로 열심히 현 상황을 진단하고 있을 때였다.

가만히 생각에 잠겨 있던 카즈마가 그런 두 사람에게 말을 걸었다.

물론 카즈마는 일본말로 말했다.

"그나저나 총 대표님은 무슨 생각을 하고 있는 것일까요? 저는 총 대표님이 청월 소속의 가수로 교진을 키우려 한다고 생각했습니다. 하지만 두 명의 신인 가수를 보고 표정이 변하더니……"

카즈마의 말을 들으며 강철두와 민봉팔이 서로를 마주 보며 빙그레, 웃었다.

'정호를 바라보는 사람들은 전부 비슷한 생각을 하는구 나.' 하고 생각하며.

확실히 정호는 범인이 함부로 판단을 내릴 수 없는 비범 한 사람이었다.

◇ ◆ ◇

그렇게 쉬는 시간이 지나갔고 정호가 돌아왔다.

카즈마는 정호의 지시를 따라 곧장 두 신인 가수의 노래 를 틀었다.

먼저 흘러나온 곡은 카와나 유미의 데뷔곡인 〈옐로우 스 카이〉였다.

서정성이 두드러진 곡이었다.

워낙 현대적인 감각을 가지고 있어서 세련된 느낌을 줬 고 그게 매력으로 작용했다.

다만 조금 가사가 난해해서 대중성을 확보하기에는 어려 워 보였다.

'가창력 파트가 뚜렷하기 때문에 어느 정도 난해한 가사 를 보완하지만 이 정도로는 부족하지. 보통 이런 노래는 걸

그룹으로 활동을 하다가 솔로로 데뷔한 가수가 음악성을 뽐내기 위해 선택하는 곡이다.'

결국 어째서 카와나 유미가 주목을 받지 못하는지 알 수 있는 노래라고 할 수 있었다.

다음으로 흘러나온 곡은 세키 란의 데뷔곡인 〈어썸 팝〉이었다.

미디엄 템포의 댄스곡이었다.

몽환적인 느낌을 준다는 점에서 〈옐로 스카이〉와 비슷했지만 반복적으로 등장하는 훅과 빠른 템포가 매력을 풍겼다.

다만 가창력을 뽐내기에는 부족한 느낌이 들었다.

애드리브 파트에서 가창력을 뽐낼 수는 있겠지만 그게 한 사람의 목소리로 표현되자 조금 단조로운 느낌이 들었다.

그렇다고 〈어썸 팝〉을 두 사람이 부르게 되면 가창력을 뽐낼 수 있는 사람은 한 사람으로 제한이 됐다.

'트렌드에는 맞을지 모르지만 한 사람만 돋보일 수 있다는 점이 거부감을 줄 수밖에 없겠군. 카와나 유미가 미디움 템포의 댄스곡 자체를 싫어했을 가능성도 있고. 어쨌든 괜찮은 노래지만 두 사람이 같이 부르기에는 확실히 적합하지 않은 노래다.'

두 곡을 들어보고 나니 어째서 카와나 유미와 세키 란이 대립을 했는지 알 수 있었다.

일단 곡 자체가 개성이 너무나도 강했다.

'곡을 정하고 절충안을 찾을 수도 있겠지만 선택권이 있는 상황에서 두 사람은 굳이 그렇게 할 이유를 찾지 못했겠지.'

하지만 이것을 두고 교진의 실수라고 볼 수도 없었다.

보통은 이렇게 곡을 던져주고 절충안을 찾아 수정 작업을 거치기 때문이었다.

'결국 여러 가지의 문제가 복합적으로 겹치면서 발생한 사건이다. 그럼 문제점을 알았으니 한번 해결해 볼까?'

민봉팔, 강철두, 카즈마는 잠자코 정호가 생각을 정리하기를 기다리고 있었다.

정호는 자신을 기다리고 있는 세 사람을 보며 말했다.

"좋습니다. 본격적으로 교진이 나아가야 할 방향에 대해서 회의를 시작해 보죠. 먼저 제안하겠습니다. 저는 카와나 유미 양과 세키 란 양을 한 팀으로 묶어서 다시 데뷔시키고 싶습니다. 그리고 이 팀으로 일본 시장을 공략할 생각입니다. 이 제안에 대해서 어떻게 생각하시나요?"

정호의 제안에 갑론을박이 펼쳐졌다.

딱히 정호의 제안을 반대하는 것은 아니었다.

그보다는 과연 정호의 제안을 어떻게 현실화할 것인가에 대한 가벼운 의견 다툼이었다.

그리고 결론은 쉽게 났다.

먼저 민봉팔이 입을 열었다.

"현실성이 제로가 아니라면 충분히 도전할 만한 가치가 있다고 생각됩니다. 아시다시피 우리의 총 대표님은 불가능을 가능으로 바꾸는 분 아닙니까?"

강철두가 민봉팔의 말을 받았다.

"저도 총 대표님께서 카와나 유미 양과 세키 란 양에게서 발견한 가능성을 제 눈으로 목격할 수만 있다면 반대하지 않겠습니다. 가능성만 있다면 컬쳐 필드의 지원으로 궤도에 올리는 것은 일도 아니니까요."

카즈마가 고개를 끄덕이며 말했다.

"카와나 유미 양과 세키 란 양은 충분히 가능성 있는 인재죠. 제가 직접 데려온 사람들이 가능성 없다는 얘길 제 입으로 할 수 없긴 하지만요. 하지만 이 가능성은 두 사람이 한 팀으로 묶였을 때만 생깁니다. 한 팀으로 묶이지 않은 두 사람은…… 확실히 힘들죠."

우려할 만한 부분이 없지는 않지만 정호의 제안을 따르겠다는 반응이었다.

그리고 그것만으로도 정호에게는 충분했다.

정호는 카와나 유미와 세키 란을 화해시켜 한 팀으로 만들고 성공시킬 자신이 있었기 때문이었다.

'각각 솔로 활동을 하면서 실패의 쓴맛을 충분히 느꼈을 두 사람이다. 확실한 계기만 주어진다면 두 사람은 분명 화해할 거야. 그리고 이전의 시간에서처럼 비상하겠지.'

하지만 그러려면 확실한 계기가 필요한 것이 사실이었다.

정호가 민봉팔, 강철두, 카즈마를 향해 말했다.

"믿어 주셔서 감사합니다. 그럼 지체할 것 없이 바로

행동으로 옮겨서 일을 시작해 보도록 하죠. 강 이사님은 지금 당장 유현 씨한테 전화를 걸어 주십시오."

정호의 말에 강철두가 어리둥절해했다.

"한유현 작곡가님이요? 갑자기 왜?"

정호가 되물었다.

"카와나 유미 양과 세키 란 양이 누군지 잊었습니까?"

강철두와 함께 어째서 한유현에게 전화를 걸라고 하는지 의아해했던 민봉팔과 카즈마가 뭔가를 깨닫고 아, 하는 감탄사를 내뱉었다.

마찬가지로 정호의 의도를 알아챈 강철두가 의미심장한 미소를 지으며 대답했다.

"그렇군요. 두 사람은 바로 '가수' 지요."

가수에게 계기를 만들어 주는 것은 간단했다.

그것은 바로 그들의 마음을 사로잡을 노래를 들려주는 것이었다.

그리고 그런 노래를 쓸 수 있는 사람으로 한유현만 한 사람은 존재하지 않았다.

'유현 씨라면 디퍼런트 트윈 시절을 재현할 만한 노래를 만들어줄 수 있을 거다. 어느 한쪽으로도 치우지지 않는 발라드풍의 노래. 동시에 성별과 세대를 초월할 수 있는 공감대를 형성할 수 있는 노래. 이런 노래를 만들 사람은 유현 씨뿐이지. 물론 유현 씨만 있는 것도 아니지만.'

한유현과의 통화를 끝낸 강철두가 정호에게 다가왔다.

그러고는 말했다.

"한유현 작곡가님께서 여성 듀엣곡이라는 말에 굉장한 흥미를 가지시더군요. 총 대표님이 제시한 조건에 딱 맞는 노래를 조만간 완성해서 보내겠다고 하십니다. 뭔가 영감을 받으신 것 같은 눈치더라고요."

정호가 고개를 끄덕였다.

영감을 받았다면 그 자리에서 수십 곡도 만들어서 보낼 수 있는 사람이 한유현이었기 때문이었다.

그때 민봉팔도 정호에게 다가와 말을 걸었다.

"유나랑 서연이도 오케이 했어. 굉장히 재밌는 작업일 것 같다며 한 곡씩 써서 보내겠다네? 유나는 굉장히 적극적으로 피처링 작업에 참여해도 되는지 물어보던데?"

그랬다.

정호는 혹시나 하는 마음에 신유나와 오서연에게도 곡 작업을 부탁했다.

정호가 고개를 끄덕이며 답했다.

"잘됐군. 피처링을 어떻게 부탁할까 고민했는데 걱정거리 하나를 덜 수 있겠어. 내 요구 사항은 잘 전달했지?"

민봉팔이 고개를 끄덕이며 입을 열었다.

"어느 한쪽으로도 치우치지 않는 발라드풍의 노래이자 동시에 성별과 세대를 초월할 수 있는 공감대를 형성할 수 있는 노래일 것, 맞지? 요구 사항을 듣더니 애들 반응이 가관이더라."

"어떤데?"

실실 웃으며 민봉팔이 대답했다.

"둘 다 대뜸 하는 첫마디가 깐깐한 게 딱 총 대표님답대. 서연이는 한 술 더 떠서 노래 써 줘도 술 한 잔 안 사줄 거면서 무슨 그런 소리를 하냐고 하더라."

밀키웨이 멤버들다운 반응이었다.

동시에 그것은 정호가 그동안 신경을 써주지 않은 것에 대한 서운함의 표출이기도 했다.

정호가 웃으며 말했다.

"조만간 애들 모아서 술 한잔해야겠네. 또 장난이나 칠 테지만 힘없는 총 대표가 참아야지, 뭐."

그렇게 일주일의 시간이 지났다.

한유현, 신유나, 오서연은 약속대로 각각 한 곡씩 노래를 보내왔다.

한유현이 하루, 신유나가 삼 일, 오서연이 일주일 만에 만들어 보낸 곡들이었다.

정호가 민봉팔, 강철두, 카즈마를 교진의 회의실에 모아 놓고 물었다.

"다들 노래는 들어보셨죠? 어땠습니까?"

이번에는 카즈마가 가장 먼저 답했다.

"세 곡 다 총 대표님의 요구 사항에 들어맞더군요. 셋 다 좋았지만 그중에 하나를 꼽자면 저는 신유나 양의 〈빨리 빨리〉가 가장 좋았습니다. 느린 템포에서 빠른 템포로 넘어가는 방식이 인상적이라고나 할까요?"

민봉팔이 고개를 끄덕이며 말했다.

"확실히 유나 노래가 인상적이긴 했죠. 하지만 저는 유현 씨의 〈미워도 사랑이잖아〉가 가장 좋았어요. 전통적인 발라드의 구성이 오히려 특별하게 느껴졌달까?"

강철두가 고개를 저으며 입을 열었다.

"하지만 너무 한국식 전통을 따르고 있어서 일본에서도 먹힐지 의문입니다. 차라리 그보다는 서연 양의 〈안녕이라고 말할 거니?〉가 훨씬 매력적으로 들리더군요. 미디엄 템포로 음을 쪼개고 템포를 높인 후, 가창력까지 뽐내게 하는 구성이 일품이었습니다."

세 사람의 의견이 엇갈렸고 세 사람은 서로의 취향 차이가 불편한 듯 헛기침을 했다.

그리고 정호는 그런 모습에 흡족했다.

이렇게 의견이 엇갈린다는 건 취향의 차이가 있을 뿐 세 곡 모두 상당히 좋은 곡이라는 뜻이나 다름없었기 때문이었다.

민봉팔이 슬쩍 정호에게 물었다.

"넌 어땠어?"

정호가 빙그레, 미소를 지으며 대답했다.

"어떻게 부탁해서 받은 노래를 그런 냉철한 평가를 할 수가 있겠어? 난 셋 다 좋았어."

정호의 말에 민봉팔이 중얼거렸다.

"에잇, 치사하게……."

◇ ◆ ◇

문제의 두 사람 중 호출을 받고 먼저 지하 1층 보컬 연습실에 도착한 사람은 카와나 유미였다.

카와나 유미는 약간 긴장한 기색으로 보컬 연습실로 들어섰다.

회사의 적극적인 지원에도 불구하고 이렇다 할 성과를 제대로 내지 못하고 있었으니 카와나 유미 입장에서는 긴장을 하지 않을 수 없는 상황이었다.

보컬 연습실 문을 열고 들어온 카와나 유미가 카즈마를 향해 꾸벅, 인사를 했다.

"안녕하세요. 부르셨나요?"

카즈마가 대답했다.

"그래, 잘 지내고 있지? 먼저 이쪽으로 와서 인사부터 해.

여기 계신 분은 컬쳐 필드의 오정호 총 대표님. 그리고 옆에 계신 다른 두 분은 각각 민봉팔 이사님과 강철두 이사님."

뜻밖에 거물의 등장에 놀랐는지 카와나 유미의 눈이 살짝 커졌다.

신인 가수이지만 아시아의 국가 중 한 곳에서 활동하는 만큼 정호의 얼굴은 몰라도 컬쳐 필드의 존재를 모를 수가 없었기 때문이었다.

카와나 유미가 꾸벅, 고개를 숙이며 큰 소리로 인사했다.

"안녕하세요, 카와나 유미입니다! 잘 부탁드립니다!"

정호가 대표로 대답했다.

"하하하. 반가워요, 카와나 양. 얘기 많이 들었습니다. 이쪽에 앉으세요. 아직 한 명 더 올 사람이 있으니."

궁금한 게 많은 눈치였지만 카와나 유미는 별말 없이 정호가 가리킨 자리에 앉았다.

잠시 후, 나머지 한 사람인 세키 란이 등장했다.

평범하게 보컬 연습실 문을 열고 들어왔던 카와나 유미와는 달리 세키 란은 안쪽 상황을 기웃거리며 한참을 살피다가 마침내 안으로 들어왔다.

확실히 엉뚱한 면이 있었다.

세키 란이 카즈마에게 종종 걸음으로 다가온 뒤 인사했다.

"안녕하세요. 부르셨나요?"

카즈마가 환한 미소를 지으며 답했다.

"응, 왔어? 한 가지 볼일이 있어서 이렇게 보자고 했어. 그 전에 먼저 이쪽으로 인사부터 하자."

세키 란은 정호, 강철두, 민봉팔의 소개를 듣고 카와나 유미와 같은 반응을 보였다.

컬쳐 필드의 총 대표라는 사실에 놀란 것이었다.

"와, 안녕하세요! 세키 란이라고 합니다! 잘 부탁드립니다!"

그러면서 세키 란은 슬쩍 카와나 유미를 의식했고 카와나 유미의 표정이 살짝 어두워졌다가 도로 평소의 모습으로 돌아왔다.

'확실히 갈등이 있긴 한 모양이군. 하지만 이 노래들을 듣고도 그럴까?'

정호가 이런 생각을 하며 입을 뗐다.

"두 분은 의아할 겁니다. 어째서 이곳에 오게 됐는지 궁금할 테니까요."

카와나 유미와 그 옆에 앉은 세키 란이 동시에 고개를 끄덕였다.

확실히 왜 이곳에 와 있는지 무척이나 궁금한 모양이었다.

정호가 그런 두 사람의 반응을 보며 말을 이었다.

"두 분을 부른 것은 다름이 아니라 세 곡의 노래를 들려주기 위함입니다. 그리고 이 세 곡 중 두 분이 마음에 드는 곡이 있으면 그 곡은 두 분의 곡이 될 겁니다."

정호의 말에 카와나 유미와 세키 란의 눈이 동그랗게 커졌다.

그럴 수밖에 없는 게 두 사람은 오늘 쓴소리를 들을 거라고 생각하며 이곳에 왔기 때문이었다.

그만큼 두 사람은 투자 대비의 성과가 굉장히 미비한 상태였다.

그런 상황에서 대뜸 곡을 들려주고 선택할 기회를 준다니.

놀랄 수밖에 없는 상황이었다.

정호가 싱긋, 웃으며 말했다.

"일단 다른 얘기는 노래를 듣고 나서 하기로 하죠. 카즈마, 부탁할게요."

정호의 부탁을 받은 카즈마가 고개를 끄덕이며 스마트폰으로 미리 넣어둔 노래를 틀었다.

그러자 블루투스 스피커로 한유현, 신유나, 오서연의 노래가 차례대로 흘러나왔다.

가수는 가수일까.

노래가 나오자 카와나 유미와 세키 란이 노래에 집중했다.

카와나 유미, 세키 란과 마찬가지로 정호, 민봉팔, 강철두, 카즈마도 상황을 잊고 노래에 빠져들었다.

정호가 생각했다.

'확실히 노래가 좋긴 좋군. 세 곡 다 타이틀곡으로 삼아도 아쉽지 않을 만큼 좋다.'

사실 아까 정호가 어느 곡이 가장 좋냐는 민봉팔의 질문에 대답하지 못한 것은 정말 세 곡 모두가 전부 좋았기 때문이었다.

굳이 따지고 들자면 민봉팔, 강철두, 카즈마에 못지않은 분석 결과를 낼 수 있는 정호였지만 정호는 그러지 않았다.

'세 곡 모두 듣는 순간 아, 좋다! 하고 생각이 들게 하는 감명 깊은 노래들이었으니깐…….'

그렇게 순식간에 음악 감상 시간이 지나갔다.

처음 이 세 곡을 듣는 카와나 유미와 세키 란은 음악의 주는 여운에서 쉽게 빠져나오지 못한 채 눈을 감고 있었다.

'후후후. 그렇다면 이제 슬슬 계기를 만들 시간인가?'

정호가 아직 여운에서 빠져나오지 못한 두 사람에게 물었다.

"세 곡 중 어떤 곡이 마음에 듭니까? 어떤 곡이라면 두 사람이 한 팀으로 움직일 수 있을 것 같아요?"

18장. 정규 앨범 데뷔

    정호의 질문을 들은 카와나 유미와 세키 란의 눈이 번쩍, 뜨였다.

    음악에 빠져 있다가 뒤늦게 정신이 든 모양이었다.

    먼저 정신을 차린 카와나 유미가 불만이 어린 어조로 정호에게 물었다.

    "그게 무슨 뜻이죠? 저는 이미 솔로로 데뷔한 가수인데요?"

    뒤이어 세키 란도 같은 의미의 질문이 담긴 눈빛으로 정호를 바라봤다.

    정호가 대답했다.

"두 분이 솔로 가수로 데뷔했다는 건 저도 알고 있습니다. 그리고 동시에 두 분의 성과가 좋지 않다는 것도 알고 있죠. 이미 어느 정도 눈치 채셨겠지만 더 이상 회사로서는 두 분을 이대로 지원해드릴 수는 없습니다. 변화가 필요할 때죠."

세키 란이 반발했다.

"그럼 어떻게 하실 건데요?"

정호가 빙그레, 웃으며 대답했다.

"어떻게 하겠다는 얘기가 아닙니다. 두 분에게 두 가지 선택지를 주려는 것뿐이에요."

정호는 다시금 카와나 유미와 세키 란의 불만스런 표정을 확인하며 말을 이었다.

"하나는 방금 들려드린 세 곡으로 두 분이 다시 한 팀으로 데뷔를 하는 것입니다. 이 경우에는 솔로 가수 카와나 유미 양과 세키 란 양은 사라지고 한 팀의 가수로 다시 태어나겠죠. 다른 하나는 지금처럼 이대로 쭉 활동하는 것입니다. 이 경우에는 솔로 가수 카와나 유미 양과 세키 란 양이 다른 의미로 사라질 테죠. 물론 사라지고 끝입니다."

세키 란이 날카로운 눈으로 정호를 째려봤다.

카와나 유미 역시 정호를 차가운 눈으로 바라봤고 그 상태로 입을 열었다.

"지금 협박을 하는 거군요?"

정호가 고개를 저었다.

"협박이라니요. 당치도 않습니다. 몇 번을 말하지만 그 저 선택권을 드리는 것뿐이지요. 하지만 한 가지 사실을 명심하세요. 회사는 여러분에게 이미 솔로 가수로 데뷔할 수 있는 기회를 줬습니다. 전폭적인 지원도 아끼지 않았고요. 그 기회와 지원을 놓친 것은 두 분입니다. 저는 이만 나가 보도록 하죠."

그 말을 끝으로 정호는 민봉팔, 강철두와 함께 보컬 연습실의 문을 열고 나갔다.

안쪽으로 카와나 유미와 세키 란이 눈물을 터뜨리는 소리가 들려왔다.

그리고 동시에 두 사람을 달래는 카즈마의 목소리도 보컬 연습실의 문을 넘어왔다.

보컬 연습실 앞에서 미리 지시를 받고 기다리고 있던 카와나 유미와 세키 란의 매니저에게 정호가 지시를 내렸다.

"들어가서 달래 주세요. 악역이 사라졌으니 금방 마음을 다잡을 수 있을 겁니다."

며칠 후, 정호가 승부수를 던진 결과가 나왔다.

정호의 계획대로 카와나 유미와 세키 란은 한 팀으로 활동하기로 상호 합의를 했다.

'세 곡의 좋은 노래로 계기를 열어줬다. 동시에 함께 미워할 수 있는 대상도 만들어줬지. 두 사람이 한 팀으로 활동하기로 마음먹은 것은 어찌 보면 당연한 일이야.'

사실 세 곡의 노래만으로도 카와나 유미와 세키 란이 마음을 열기에는 충분했다.

하지만 그렇게 해서는 열정과 의욕 부분이 결여될 수도 있다는 게 정호의 생각이었다.

그런 까닭에 정호는 두 사람에게 함께 미워할 수 있는 대상을 심어 주기로 마음을 먹었다.

'그렇게 한다면 카와나 유미와 세키 란은 이를 악물게 될 테니깐.'

정호와 함께 카즈마에게 상황 보고를 들은 민봉팔이 입을 열었다.

"결국 두 사람이 정호를 미워하게 됐다는 얘기군요? 어때? 두 명의 소녀에게 미움을 받는 기분이?"

정호가 대답했다.

"썩 좋지는 않지. 알다시피 내가 워낙 여린 사람이라……."

강철두가 끼어들며 말했다.

"그런 것치곤 너무나도 순순히 악역을 자처하시던데요? 솔직히 며칠 전 보컬 연습실에서는 조금 놀랐습니다."

카즈마도 동의한다는 듯이 고개를 끄덕였다.

정호가 씩, 웃으며 말했다.

"하긴 다들 많이 놀라긴 하셨겠네요. 제가 평소에 워낙 선량한 사람이었던지라……."

정호의 장난에 민봉팔이 고개를 절레절레 저었다.

그 모습을 보며 강철두와 카즈마가 웃음을 지었다.

정호도 함께 웃으며 생각했다.

'이걸로 잘된 거지. 어차피 시간이 자연스럽게 해결해 줄 문제다.'

사실 정호가 아무런 생각도 없이 악역을 자처한 것은 아니었다.

지금이야 공통의 적이 필요한 상황이니 이를 악물고 정호를 미워하겠지만, 데뷔가 어느 시점까지 진행이 된다면 정호를 보는 시선이 달라질 거라고 생각한 것이었다.

'사람은 과거를 되돌아볼 여유가 생기면 객관적으로 상황을 판단하기 마련이니깐. 물론 그렇지 않다면 어쩔 수 없는 일이지.'

이런 생각을 하며 왠지 모를 불안함을 느낀 정호가 카즈마에게 물었다.

"카와나 유미 양과 세키 란 양은 아래 보컬 연습실에서 연습 중인가요?"

카즈마가 대답했다.

"네, 그곳에서 특훈을 받고 있습니다. 솔로로 데뷔한 앨

범이 어느 정도 마무리될 때까지는 쉬엄쉬엄하라고 했는데
도 열정적이더군요. 총 대표님의 악역 연기가 확실히 통했
나 봅니다."

정호는 속으로 '끙.' 하고 소리를 내며 고개를 끄덕였다.

솔로 활동의 마무리가 2주나 남아 있는 상황에서 이 정
도 열정을 보인다니 확실히 카즈마의 말이 맞는 것 같았다.

정호는 슬쩍 지갑에서 카드를 꺼내 카즈마에게 건네며
말했다.

"이걸로 카와나 유미 양과 세키 란 양의 간식 좀 사주세
요. 둘 다 고생이 많은 것 같은데……."

눈앞에 내밀어진 카드를 카즈마가 어리둥절한 표정으로
바라봤다.

옆에 있던 민봉팔과 강철두가 빵, 터졌다.

민봉팔이 낄낄거리며 말했다.

"카와나 유미 양과 세키 란 양이 진짜 너를 미워할까봐
겁먹었구나?"

정호가 대답 대신 끙, 하는 신음 소리를 입 밖에 냈다.

그제야 상황을 파악한 카즈마가 이어서 웃음을 터뜨렸다.

◇ ◆ ◇

디퍼런트 트윈의 데뷔 준비는 순조롭게 진행됐다.

카와나 유미와 세키 란이 열의를 가지고 연습에 임했기 때문이 나올 수 있는 결과였다.

'한 번 실패를 맛봤으니 그럴 수밖에. 열의를 가지는 이유가 단지 복수 때문만이 아니었으면 좋겠군. 쩝.'

카즈마의 말에 따르면 두 사람의 관계도 많이 개선된 모양이었다.

단둘이 밥을 먹고 따로 추가 연습을 하는 등 친해지기 위해서 각고의 노력을 하고 있었고, 심지어 어제는 같이 생활할 수 있는 숙소를 잡아 달라고 카즈마에게 부탁을 했단다.

'어차피 곡 때문에 다툰 것이었으니까. 성격적으로 맞지 않는다거나 하는 문제가 아니었다는 뜻이지. 그렇기 때문에 두 사람은 이전의 시간에서처럼 둘도 없는 친구 사이가 될 수 있을 거야.'

이제 두 사람이 아닌 다른 부분에 대해서 고민할 차례였다.

고민할 것은 산더미였다.

디퍼런트 트윈의 타이틀곡을 어떤 것으로 정할지부터 어떤 활동으로 디퍼런트 트윈을 알려야 할지까지 정하고 준비해야 할 필요성이 있었다.

정호가 회의실에 모여 있는 인원들에게 물었다.

"자, 그럼 타이틀곡부터 정합시다. 어떤 곡을 타이틀로 했으면 좋겠습니까?"

회의실에는 민봉팔, 강철두, 카즈마를 비롯한 기획팀 직원 두 사람도 함께하고 있는 상태였다.

민봉팔, 강철두, 카즈마 세 사람에게 타이틀곡을 정하자고 했다간 각자가 선호하는 취향의 곡을 두고 다툴 것이 뻔했기 때문이었다.

또한 이제 슬슬 기획팀과의 연계가 필요한 시점이기도 했고.

'컬쳐 필드의 총기획팀과 앨범제작팀도 다음 주 중으로 합류한다고 했었지? 이제 본격적인 시작이겠군.'

정호가 이런 생각에 빠져 있을 때 카즈마가 발언했다.

"솔직히 세 곡 모두 너무나 좋아서 타이틀곡을 한 곡으로 정하기가 무척이나 힘듭니다. 그래서 생각해 본 것인데, 디퍼런트 트윈의 데뷔를 정규 앨범으로 하는 거 어떻겠습니까?"

카즈마의 의견을 듣고 회의실에 모여 있던 사람들이 살짝 놀랐다.

데뷔를 정규 앨범으로 한다는 발상에 대한 놀라움이었다.

예전이라면 모를까 요즘은 데뷔를 싱글 앨범이나 미니 앨범으로 하는 추세였다.

한두 곡만을 앨범에 넣고 활동하여 미리 그 가수의 성공 여부를 가늠하는 것이었다.

그게 비용을 아끼며 스타를 판가름할 수 있는 가장 효율적인 전략이었다.

하지만 카즈마는 이런 효율성을 포기하자고 말하고 있었다.

카즈마가 자신의 의견을 설득시키기 위해 말을 이었다.

"성공을 하지 못한다면 많은 비용 손실이 발생하겠지만, 어차피 교진에 소속된 가수는 디퍼런트 트윈뿐입니다. 디퍼런트 트윈으로 교진을 키우기 위해서는 약간의 위험성 정도는 감수해야 한다고 봅니다."

그사이 카즈마에게 설득됐는지 강철두가 의견에 힘을 실었다.

"확실히 디퍼런트 트윈의 카와나 유미 양과 세키 란 양은 솔로 가수로 데뷔를 했었죠. 그렇다는 건 이미 적지 않은 비용을 소요했다는 뜻입니다. 그런 까닭에 교진에 입장에서는 반드시 디퍼런트 트윈 성공을 시킨다는 마음가짐으로 더 많은 투자를 감행할 필요가 있을 것 같긴 하네요. 실패의 여지는 또 다른 실패를 낳을 뿐이니까요."

일리가 있는 의견이었다.

강철두의 말을 듣고 회의실에 모인 사람들이 동의를 한다는 듯 고개를 끄덕였다.

민봉팔도 정규 앨범으로 디퍼런트 트윈을 데뷔시키자는 의견에 동의했는지 덧붙여 말했다.

"그렇게 하면 〈빨리 빨리〉와 〈안녕이라고 말할 거니?〉를 타이틀곡으로 놓고 활동하다가 후속곡으로 〈미워도 사랑이잖아〉를 발표하면 되겠군요. 굉장하겠는데요? 상상만으로도 좋을 것 같습니다."

확실히 민봉팔의 말대로 한다면 좋은 곡을 모두 살릴 수 있을 것 같았다.

이어서 회의에 참석한 기획팀 직원 두 사람도 의견을 냈다.

디퍼런트 트윈이 정규 앨범으로 데뷔를 하는 데 잠정적 동의를 한 상태로 앨범 콘셉트에 관한 아이디어를 내는 식이었다.

그렇게 한 차례씩 발언이 끝나자 사람들의 시선이 정호에게 쏠렸다.

사람들이 기대하는 것이 무엇인지 알고 있는 정호는 흡족한 웃음을 띤 채 말했다.

"확실히 저도 디퍼런트 트윈을 정규 앨범으로 데뷔시키는 데 동의합니다. 비용 문제, 성공에 대한 확신, 좋은 곡을 모두 활용할 방안 등을 떠나서 그렇게 하는 것이 디퍼런트 트윈의 색깔을 가장 잘 보여 줄 방법이라고 생각하기 때문입니다. 혹시 제가 디퍼런트 트윈의 곡을 부탁할 때 설정한 조건 두 가지를 기억하십니까?"

정호가 몇 차례나 강조한 사항이었기 때문에 민봉팔, 강철두, 카즈마가 그것이 무엇인지 모를 리가 없었다.

심지어 그 자리에 있지 않았던 기획팀 직원 두 사람조차가 그 조건 두 가지가 무엇인지 알고 있을 정도였다.

매니지먼트의 제왕9

강철두가 대표로 대답했다.

"그것은 바로 '어느 한쪽으로도 치우치지 않는 발라드풍의 노래'와 '동시에 성별과 세대를 초월할 수 있는 공감대를 형성할 수 있는 노래'를 만들어 달라는 조건이었습니다."

정호가 말을 받았다.

"맞습니다. 바로 그 두 가지입니다. 그리고 그 두 가지 조건을 충족시키기 위해서 필요한 형식은 다름 아닌 정규 앨범이죠. 어느 한쪽으로도 치우치지 않으면서도 성별과 세대를 초월하려면 정규 앨범 정도의 형식이 아니면 안 될 테니까요."

정호의 말에 회의실 모인 모두가 아, 하고 감탄사를 냈다.

앞을 미리 내다보고 준비하는 정호의 능력에 회의실에 모인 모두가 놀란 것이었다.

그런 사람들을 미소 지으며 바라보던 정호가 말했다.

"여러분도 저와 같은 뜻이라는 걸 알았으니 다행이군요. 그럼 디퍼런트 트윈은 정규 앨범으로 데뷔시키도록 하겠습니다."

19장. 역발상, 홍보 주체의 전환

컬쳐 필드의 총기획팀과 앨범제작팀이 도착했다.

두 팀은 자연스럽게 합류하여 교진의 기획팀을 도와 디 퍼런트 트윈의 정규 앨범 제작에 돌입했다.

정규 앨범 제작은 착착 진행됐다.

특히 앨범제작팀의 팀장인 한유현의 활약이 독보적이었 다.

민봉팔, 강철두와 같이 컬쳐 필드의 이사 자리에 올라 있는 한유현은 보통 컬쳐 필드의 앨범제작팀에서 활동했 다.

역할은 그 전과 비슷했다.

예전처럼 컬쳐 필드의 하위 브랜드인 청월의 가수들에게 곡을 써 주는 게 한유현의 할 일이었다.

하지만 그게 끝이 아니었다.

곡을 써 줘야 하는 회사가 하나 늘었다.

컬쳐 필드가 발족하고 나서는 힛 엔터테인먼트의 가수들에게도 곡을 써 줘야 했던 것이다.

'그런 까닭에 몸이 두 개라도 바쁜 유현 씨지. 앨범제작팀이 꾸려지면서 한결 수월해졌지만 그래도 곡을 직접 쓰는 것은 유현 씨니깐.'

그렇게 바쁜 가운데에서도 한유현은 앨범 제작 전반에 대한 프로듀싱조차도 놓치지 않고 해냈다.

컬쳐 필드의 이사직에 오르고 한유현과 첫 작업을 같이 한 강철두가 한유현을 보며 혀를 내두른 적이 있을 정도의 업무 능력이었다.

"총 대표님만 괴물인 줄 알았는데 총 대표님만 한 괴물이 또 하나 있었군요. 정말 대단합니다."

확실히 한유현의 일 처리 속도는 이런 찬사가 부족하게 느껴질 정도로 신속하고 깔끔했다.

게다가 이번에도 한유현은 직접 디퍼런트 트윈의 프로듀싱을 하기 위해 일본으로 건너온 상태였다.

정호는 한유현을 말리며 다른 인원을 보내라고 했지만 한유현이 고집을 부렸다.

"어차피 앞으로 5개월간 써야 할 곡은 다 썼습니다. 프로듀싱의 얼개도 기획을 끝냈고요. 이 정도면 다른 직원들이 알아서 잘해 줄 겁니다."

정호가 걱정 어린 목소리로 물었다.

"다른 직원들에게 맡길 거면 쉬어야지, 이렇게 또 일을 해도 되겠습니까?"

한유현이 웃으며 대답했다.

"총 대표님이 직접 움직이고 계시는데 제가 어떻게 쉬겠습니까? 저번 중국 건은 제가 도움이 되어드리지 못해 죄송스러웠습니다. 이번에는 제가 도울 수 있는 일이니 최선을 다해야지요."

그렇게 한유현의 등장으로 디퍼런트 트윈의 정규 앨범 제작은 탄력을 받았다.

정규 앨범에 추가로 들어갈 곡들이 순식간에 나왔고 바로 녹음 작업에 들어갔다.

총 10곡이 들어갈 정규 앨범 〈빨리 빨리〉는 민봉팔이 이전에 의견을 낸 적이 있는 것처럼 〈빨리 빨리〉와 〈안녕이라고 말할 거니?〉를 더블 타이틀곡으로 넣고 〈미워도 사랑이잖아〉를 후속곡으로 발표하기로 한 상태였다.

현재 녹음에 들어간 곡들은 이 세 곡을 제외한 나머지 일곱 곡이었다.

한유현은 일본에 도착하자마자 곡의 숫자가 모자라다는

걸 깨닫고 며칠 만에 일곱 곡을 작곡을 한 상태였다.

가히 충격적이라고 할 수 있는 작업 속도였다.

'카와나 유미 양과 세키 란 양이 곡이 전부 완성됐다는 얘길 전해 듣고 어리둥절해 할 정도였으니 말 다 했지. 조금 쉬엄쉬엄하라니까 말을 안 듣고 바로 녹음까지 들어가다니.'

정호의 만류에도 한유현은 오늘 카와나 유미와 세키 란을 데리고 녹음실에 들어갔고 오전에 한 곡의 녹음을 끝마친 상태였다.

녹음이 끝나자마자 정호가 한유현에게 다가와 말을 걸었다.

"좀 쉬라니깐 정말 말을 안 들으시네요."

한유현이 빙그레, 미소 지으며 대꾸했다.

"이렇게 재밌는 걸 어떻게 멈출 수 있겠습니까? 다 제가 좋아서 하는 일이니 걱정하지 마세요."

그렇게 말한 한유현이 어느새 친해져 도란도란 즐겁게 대화를 나누고 있는 카와나 유미와 세키 란을 바라보며 말을 이었다.

"그나저나 카와나 유미 양와 세키 란 양 모두 실력이 상당하군요. 서로 밸런스가 무척이나 좋습니다. 낮게 깔리는 목소리를 내는 카와나 유미 양이 곡 전체의 균형을 잡고 하이톤의 목소리를 내는 세키 란 양이 포인트를 집어주니 곡이 확실히 사는군요."

정호가 고개를 끄덕이며 대꾸했다.

"둘 다 실력이 상당하죠. 높은 음역대를 고음으로 뽑아내는 능력도 서로 호각을 다투고요."

한유현이 아쉬워하는 기색을 내비치며 입을 열었다.

"그러니까요. 정말 아쉽네요. 제가 조금 더 노력했으면 카와나 유미 양과 세키 란 양의 목소리로 타이틀곡을 낼 수도 있었을 텐데요."

이게 한유현이 이번 프로듀싱에 더욱 열의를 가지는 이유인 모양이었다.

'한유현의 정리'라는 말이 나올 정도로 한유현의 타이틀곡은 실패하지 않기로 유명했는데 그런 명성에도 불구하고 이번 디퍼런트 트윈의 정규 앨범에서는 타이틀곡을 따내지 못했기 때문이었다.

본인이 쓴 〈미워도 사랑이잖아〉가 후속곡으로 밀린 게 자존심이 상했는지 한유현은 누구보다 열의를 가지고 일을 처리하고 있었다.

일곱 곡을 그렇게 써낸 상태였고.

'물론 그럼에도 불구하고 이번 정규 앨범 타이틀곡인 〈빨리 빨리〉와 〈안녕이라고 말할 거니?〉가 조금 더 낫긴 하지만…….'

정호는 속으로 이렇게 생각했지만 입 밖으로 이 말을 꺼낼 수 없으니 다른 말로 한유현을 위로했다.

"유현 씨의 곡은 전부 좋았습니다. 사실 어떤 곡이 타이틀곡이 되어도 이상하지 않을 정도로 앨범의 퀄리티를 높여 주셨어요."

정호의 말에 한유현이 다 알고 있다는 듯 고개를 저었다. 그러고는 말했다.

"그렇게 말씀해 주셔서 감사합니다. 하지만 저도 알고 있습니다. 다른 곡들보다 〈빨리 빨리〉와 〈안녕이라고 말할 거니?〉가 더 낫다는 것을요. 다만 제가 아쉬운 것은 기대보다 총 대표님께 도움이 되어드리지 못한 것 같다는 사실 때문입니다."

그제야 정호는 자신이 오해하고 있다는 걸 인정할 수밖에 없었다.

한유현은 자신의 곡이 후속곡으로 밀려난 것에 자존심이 상한 게 아니라 정호에게 도움이 되지 못한 걸 아쉬워하고 있었던 것이다.

정호는 뒤늦게 한유현의 고마운 마음을 깨닫고 대답했다.

"이렇게 와주신 것만으로도 저에게는 큰 도움이 됩니다. 게다가 이렇게 일사천리로 정규 앨범을 제작해 주시고 계시고요. 타이틀곡으로 선정되어도 코빼기도 내비치지 않는 두 사람보다는 훨씬 낫죠."

정호가 장황하게 고마워하는 이유를 말하자 그 마음이 전해졌는지 한유현이 후후후, 하고 낮게 웃었다.

그런 후, 한유현이 큰 소리로 외쳤다.

"자, 그럼 이제 두 번째 곡 녹음 시작하겠습니다."

정호 못지않은 일중독이었다.

◇ ◆ ◇

일곱 곡의 녹음이 며칠 만에 끝이 났다.

이후 하루에 하나씩 타이틀곡과 후속곡 녹음도 끝마쳤다.

이제 앨범 제작과 관련된 부분은 곡을 다듬는 작업만이 남은 상태였다.

슬슬 앨범의 콘셉트에 따른 재킷 촬영과 데뷔 전략을 세울 때였다.

회의실에는 정호를 비롯한 다수의 인원들이 모여 있었다.

민봉팔, 강철두, 한유현, 카즈마는 물론이고 컬처 필드의 총기획팀, 앨범제작팀 직원들과 교진의 기획팀 직원들이 한자리에 모인 상태였다.

'이렇게 모이니 확실히 회의실이 비좁군. 몇몇 직원은 뒤에 서 있을 정도니. 얼른 더 큰 곳으로 옮겨야겠어.'

이런 생각을 하는 사이 모인 인원들이 회의 준비를 끝마쳤다.

정호가 입을 뗐다.

"다들 모여 주셔서 감사합니다. 회의 내용은 미리 공지했으니 바로 본론으로 넘어가죠. 디퍼런트 트윈을 어떤 전략으로 데뷔시키면 좋을 것 같습니까?"

사실 교진은 넘어야 할 장애물이 상당히 높은 상태였다.

물론 힘들기는 마찬가지겠지만 신생 기획사라도 노력을 기울이면 정규 방송에 신인의 데뷔 무대를 올릴 수 있는 한국과는 달리, 일본은 이런 진입 장벽조차 상당히 높았기 때문이었다.

'방송국은 전부 대형 음반 회사와 협업 관계에 있기 때문에 벌어진 현상이지. 결국 디퍼런트 트윈이 웬만한 명성을 쌓지 못하는 이상 음악 방송의 무대에도 올라가지 못한다는 얘기다.'

그런 까닭에 어느 때보다 디퍼런트 트윈의 데뷔 전략이 중요한 상황이었다.

데뷔부터 어그러진다면 디퍼런트 트윈은 빛을 보지 못하게 될 공산이 컸다.

가장 먼저 발언한 사람은 강철두였다.

"SNS를 활용해서 앨범 제작 준비 영상이나 일상 사진 등을 공유했지만, 생각보다 반응이 시큰둥합니다. 솔직히 저는 디퍼런트 트윈이 홀로 성공적인 데뷔를 할 수 있을 거라고 생각하지 않습니다. 누군가의 도움이 필요합니다."

카즈마가 반대했다.

"하지만 그래서는 의미가 없어요. 만약 먼저 데뷔한 다른 가수들의 도움을 받는다면 오히려 디퍼런트 트윈은 후광에 밀려 빛을 잃게 될 겁니다. 케이블 방송국 중에는 디퍼런트 트윈을 찾는 곳도 있으니 그곳을 활용한 전략을 짜는 게 나을 것 같습니다."

민봉팔이 고개를 저으며 카즈마의 말을 받았다.

"그건 그것대로 좋지 않습니다. 일본의 케이블 방송은 아이돌 그룹의 가치 자체를 평가 절하시키는 경향이 있어요. 차라리 섞는 거 어떻습니까? 먼저 데뷔한 가수들의 도움도 받고 케이블 방송도 활용하는 거죠."

대체로 직원들은 민봉팔의 말에 동의하는 편이었다.

결국 강철두, 카즈마도 민봉팔의 말에 설득당했다.

정호가 입을 열었다.

"먼저 데뷔한 가수들의 도움을 받는 동시에 케이블 방송을 활용하자는 의견이 지배적인 것 같군요. 그럼 어떤 가수의 도움을 받을 것이고 어떤 케이블 방송에 나갈 건지 세부 전략을 짜봅시다."

다양한 의견이 쏟아져 나왔다.

하지만 어떤 의견도 힘을 받지 못했다.

대다수가 반대에 부딪혔고, 반대에 부딪힌 즉시 그 의견은 폐기되는 수순을 밟았다.

강철두가 한숨을 쉬며 말했다.

"확실히 일본의 케이블 예능은 너무 짓궂어요. 그렇다고 드라마를 통해 이름을 알리자니 너무 돌아가는 듯한 인상이고요."

정호도 고민이 됐다.

어떤 전략도 마땅하게 느껴지지 않았기 때문이었다.

'사실상 케이블 방송에 출연하는 것은 불가능할 것 같군. 그렇다면 컬쳐 필드의 가수들을 활용하는 것밖에는 방법이 없는데…… 어떻게 하면 잘 활용할 수 있을까?'

모든 게 식상하게 느껴졌다.

유터보에 영상을 올린다거나 인터넷 방송을 활용한다던가 하는 방식이 있었지만 그것들은 이미 모두 많은 회사들이 사용하고 있었다.

'색다른 느낌을 줄 수 있어야 해. 그렇지 않으면 활용하느니만 못한 결과가 나올 거야. 도리어 컬쳐 필드 소속 가수의 이미지가 실추될 테니깐.'

그때 문득 이전의 시간에서 디퍼런트 트윈이 활용했던 전략이 떠올랐다.

떠오른 생각이 날아가기 전에 정호는 잽싸게 입을 열었다.

"차라리 이렇게 하는 거 어떻습니까? 디퍼런트 트윈이 아니라 교진을 홍보하는 것이지요."

정호의 말에 사람들이 경청했다.

그중 카즈마가 대표로 물었다.

"어떻게요? 디퍼런트 트윈도 홍보하지 못하는 상황에서 그게 될까요?"

정호가 고개를 끄덕이며 대답했다.

"디퍼런트 트윈을 홍보시키지 못하는 이유가 뭡니까? 그건 바로 교진이 유명하지 않다는 점 때문 아닙니까? 그러니 발상을 전환하는 겁니다. 디퍼런트 트윈을 홍보시키기 전에 교진을 홍보하는 것이지요. 다름 아닌 디퍼런트 트윈이 나오는 티비 광고로요."

20장. 이게 무슨 어벤져스?

정호의 얘길 듣고 회의실에 모인 모든 사람들이 놀랄 수밖에 없었다.

'역발상'이라는 말 그대로 아무도 생각해 보지 못한 엄청난 전략이었기 때문이었다.

가장 먼저 정호의 생각을 읽어낸 민봉팔이 씨익, 웃으며 말했다.

"그러면 모든 문제가 해결되겠군요. 교진을 알리려면 티비 광고를 해야 하고, 티비 광고를 하려면 광고 모델이 필요한데, 이때 광고 모델로 디퍼런트 트윈을 쓰면 모든 것이 완료. 거기에다가 광고료는 컬쳐 필드가 부담하고 광고 모델로 컬처 필드와 연계된 유명 인사를 활용하면 금상첨화. 맞습니까?"

민봉팔의 말을 듣고 정호가 고개를 끄덕였다.

몇몇 직원들이 "대박."이나 "와……."와 같은 감탄사를 내뱉었다.

소문으로만 듣던 정호의 엄청난 마케팅 능력에 대한 경외심이 입 밖으로 튀어나온 것이었다.

확실히 굉장한 전략이었다.

이 전력대로라면 교진과 디퍼런트 트윈을 모두 알릴 수 있는 계기가 될 것이 분명했다.

차분히 전략의 성공 여부를 가늠하던 강철두가 입을 열었다.

"확실히 전략대로 된다면 디퍼런트 트윈은 최고의 데뷔를 할 수 있겠군요. 다만 어떤 광고를 찍을 것인가 하는 문제가 남아 있습니다."

강철두의 말을 듣고 정호가 빙그레, 웃었다.

그 웃음을 보며 강철두는 예감할 수 있었다.

정호가 이미 그 부분에 대해서 생각을 해둔 상태라는 것을.

예감을 확신을 바꾸려는 듯 정호는 좌중을 한 번 둘러본 후 말했다.

"확실히 광고의 임팩트가 중요하죠. 좋은 광고 회사와

계약하면 디퍼런트 트윈의 이름을 알릴 만한 괜찮은 광고
를 기획해 줄 수도 있겠지만 그보다는 가능하면 우리 쪽에
서 좋은 광고 아이디어를 낼 수 있다면 좋겠죠."

정호의 말에 카즈마가 고개를 끄덕였다.

광고 회사마다 능력이 천차만별로 달랐지만 대체로 유명
한 광고 회사일수록 안정적으로 잘 만들어진 광고를 기획
할 가능성이 높았다.

명성이 높을수록 실패의 리스크를 안기 싫은 건 이쪽 업
계도 마찬가지이기 때문이었다.

하지만 교진과 디퍼런트 트윈의 이름을 제대로 알리려면
그보다는 더 좋은 광고여야 했다.

또한 어느 정도의 리스크도 감수할 수 있는 획기적인 면
도 있어야 했고.

그리고 그런 광고는 회사 쪽에서 생각해내는 것이 여러
모로 나았다.

광고 회사에게 모든 걸 맡겼다가는 안정성만이 추구될
가능성이 있었던 것이다.

하지만 물론 그렇다고 해서 광고 전체의 구성이나 세부
적인 사항까지 짤 필요는 없었다.

어떤 핵심적인 이미지를 심어줄 것인가, 하는 문제만이
중요했다.

"그래서 떠올린 것이 주목받는 '아티스트의 광고'를 만

드는 것입니다. 작곡, 보컬, 반주, 춤, 연출, 연기, 미술, 문학 등 각 분야별로 전 세계적으로 주목받는 아티스트들을 모아서 광고를 하나의 작품처럼 만들어 교진이라는 이름을 알리게 하는 것이죠."

순식간에 정호가 어떤 광고를 상상하고 있는지 알아챈 카즈마가 정호의 말을 받았다.

"그중에 보컬로는 디퍼런트 트윈이 들어가고요?"

정호가 고개를 끄덕이며 답했다.

"바로 그겁니다."

그렇게 디퍼런트 트윈의 데뷔 전략이 세워졌다.

정호가 제시한 광고는 이미지까지도 굉장히 훌륭했다.

세계적으로 주목을 받는 아티스트들과 디퍼런트 트윈이 나란히 어깨를 견주며 광고를 찍는다면 그 광고를 본 사람들은 자연스럽게 디퍼런트 트윈에 주목할 수밖에 없을 것이기 때문이었다.

특히 컬쳐 필드는 세계적으로 주목을 받는 아티스트를 섭외하기가 용이한 편이었다.

이미 다양한 예술가들과 교류를 하고 있는 중이었던 것이다.

일단 당장 작곡 쪽에는 한유현이 있었고, 연출 쪽에는 〈레드, 월 스트리트〉로 대가의 반열에 오른 알렉스 젠킨슨이 있었으며, 연기 쪽에는 강여운이라는 걸출한 배우가 있었다.

나머지 빠진 분야의 예술가들은 홍대 예술 마을이나 회만 예술 마을을 조금만 둘러봐도 채우는 게 가능했다.

그곳에는 이미 세계적으로 이름을 알린 다양한 국적의 예술가들이 모여서 살고 있었던 것이다.

물론 한국 국적의 예술가들이 가장 많이 살았지만.

'강여운, 유미지와 함께 작업을 했던 알렉스 젠킨슨이나 후트 셔젤 같은 인물들이 홍대 예술 마을과 회만 예술 마을 방문하면서 세계적인 예술가들의 유입이 이뤄졌지. 그걸 이럴 때 써먹을 수 있게 될 줄을 몰랐는데…….'

정호는 귀국을 하여 홍대 예술 마을이나 회만 예술 마을에서 활동하는 세계적인 예술가들과 접촉했다.

'의식하지 않았을 때는 몰랐는데 이렇게나 유명한 사람들이 이곳에 살고 있었군. 홍대 예술 마을과 회만 예술 마을도 조금 더 적극적으로 어떻게 활용할지 고민해볼 필요가 있겠어.'

정호는 이런 생각을 하며 예술 마을에 살고 있는 세계적인 예술가들을 섭외했다.

다들 홍대 예술 마을과 회만 예술 마을에 빚을 지고 있는 입장이었기 때문에 흔쾌히 광고 출연에 동의했다.

오히려 이 사람, 저 사람 도움을 자처하는 사람들이 많아서 거절하기가 힘들 정도였다.

그렇게 정호가 후보군이 없던 분야의 예술가들의 섭외를 끝마쳤을 때, 카즈마에게로부터 전화가 걸려왔다.

"네, 카즈마. 갔던 일은 잘 끝마쳤나요?"

카즈마가 대답했다.

"무사히 끝냈습니다. 돈이 대단하기는 대단한 모양입니다. 이렇게 좋은 광고 회사와 계약을 맺을 수 있을지는 몰랐습니다."

카즈마는 일본 내에서 가장 알아주는 광고 회사와 계약을 맺기 위해 분주하게 움직였는데 무사히 계약을 끝마친 모양이었다.

ADR이라는 회사로, 광고의 단가가 단가지만 자사의 위상을 위해 의뢰 회사 자체를 가려서 받기로 유명한 곳이었다.

카즈마가 덧붙여 말했다.

"무엇보다도 컬처 필드의 일본 지부 격인 회사라는 말을 덧붙인 게 먹힌 것 같습니다. ADR에서 굉장한 관심을 가지더라고요."

정호가 되물었다.

"그렇습니까?"

카즈마가 대답했다.

"네. 총 대표님과 직접 대면하고 싶어 하는 기색이 역력하더라고요. 총 대표님의 행보를 예전부터 눈여겨보고 있었다면서요."

카즈마의 말에 정호가 기분 좋게 웃으며 대답했다.

"그거 잘됐군요. 저도 광고 잘 찍어 달라고 ADR 쪽 대표를 만날 수 있으면 좋겠다고 생각했는데. 나중에 밥 한 끼 꼭 하자고 전해 주세요."

"네, 그리 전하겠습니다."

카즈마와의 통화를 마친 후, 정호는 민봉팔에게 전화를 걸었다.

민봉팔은 멀리 미국까지 건너간 상태였다.

연출 분야의 알렉스 젠킨슨과 연주 분야의 닉 리먼드를 포섭하기 위해서였다.

민봉팔이 전화를 받았다.

"어, 정호야."

정호가 바로 본론으로 들어가 물었다.

"어떻게 됐어? 다들 하겠대?"

작곡 분야의 한유현, 연기 분야의 강여운이 묻지 않아도 확정인 상태에서 알렉스 젠킨슨과 닉 리먼드의 합류 여부는 굉장히 중요했다.

이 두 사람만 확정되면 솔직히 다른 분야는 크게 신경

쓰지 되지 않아도 될 정도로 광고의 격이 올라가기 때문이었다.

어서 결론을 알고 싶어 하는 정호에게 민봉팔이 대답했다.

"일단 닉 리먼드는 하겠대. 왜 자기가 작곡이나 보컬 분야가 아니냐고 항의하긴 하던데 이 광고 자체에는 흥미가 있는 모양이야. 괜찮으면 미국에서도 비슷한 콘셉트로 광고를 찍어 보고 싶다네. 그리고 아쉽게도 알렉스 젠킨슨은 안 된대."

정호가 의아해하며 질문했다.

"응, 왜?"

평소 정호와 연락을 자주 주고받을 만큼 친했던 까닭에 알렉스 젠킨슨이 이런 반응을 보일지 몰랐던 것이다.

민봉팔이 대답했다.

"이번에 새로 들어간 영화 촬영 때문에 시간을 내기가 너무 어렵대. 거의 후반부라서 신경 쓸 것도 많고."

"아아."

그제야 정호는 알렉스 젠킨슨이 신작 영화의 크랭크인을 했다는 게 생각했다. 민봉팔이 이어서 말했다.

"그래서 후트 셔젤에게 부탁했어. 다행히 후트 셔젤은 제안을 받아들였고. 알렉스 젠킨슨이 아니라 자신한테 연락을 해준 게 썩 기쁜 모양이더라고."

정호가 대꾸했다.

"그래? 그럼 알렉스 젠킨슨에게 먼저 출연 제의 했던 건
비밀로 해."

민봉팔이 으흐흐, 하고 웃으며 얘기했다.

"당연히 그래야지."

◇ ◆ ◇

그렇게 모든 광고 모델의 캐스팅이 완료됐다.

그리고 2주 후, 광고를 촬영하기 위해 각 분야의 세계적
인 아티스트들이 한자리에 모였다.

서로 안면이 있는 경우가 대다수였기 때문에 다들 활발
하게 대화를 나눴다. 특히 정호와 민봉팔, 강철두가 중간에
서 대화의 물꼬를 틀 수 있게 노력했다.

한창 그런 식으로 서로 친목을 다지고 있을 때 카즈마가
디퍼런트 트윈과 함께 등장했다.

카즈마와 함께 온 카와나 유미와 세키 란은 굉장히 긴장
한 눈치였다.

세계적인 아티스트들과 함께 광고 촬영을 한다는 것 자
체에 큰 부담을 느낀 것이었다.

'흠…… 내가 중간 다리 역할을 해줘야겠군.'

그런 생각으로 정호가 디퍼런트 트윈에게 다가가는데

정호를 발견한 카와나 유미가 몸을 흠칫, 떨었다.

'응? 설마 아직 나에 대한 원한이 쌓여 있는 건가? 쩝.'

하지만 정호는 아랑곳하지 않고 디퍼런트 트윈 멤버들에게 다가가 두 사람을 다른 사람들에게 인사시켰다.

정호가 그렇게 해야 여러모로 모양새가 살기 때문이었다.

디퍼런트 트윈은 이곳에 모인 사람들 중 유일하게 신인이었고, 그런 까닭에 컬쳐 필드의 총 대표가 직접 위신을 세워 줄 필요가 있었다.

"다들 잠깐만 주목해 주세요. 이쪽이 오늘 보컬 분야에서 여러분들에게 많은 걸 배워 갈 디퍼런트 트윈이라는 친구들입니다. 각각 카와나 유미 양과 세키 란 양."

강여운과 다음 작품에 대한 논의를 한창하고 있던 후트 셔젤이 반응했다.

"아아, 오늘의 주인공이군요."

후트 셔젤의 말에 다들 웃었다. 약간 짓궂지만 그 장난에 사람들의 분위기가 자연스럽게 풀렸다.

정호가 대답했다.

"맞습니다. 오늘의 주인공이죠. 여러분들이 지금껏 쌓아 올린 명성은 모두 디퍼런트 트윈의 홍보를 위한 것이었습니다."

정호의 말에 사람들이 박장대소를 했다.

이런 순간에 절대 빠지지 않는 닉 리먼드가 소리쳤다.

"나에게 보컬을 빼앗아 간 그 친구들이로군요! 얼마나 노래를 잘하는지 두고 보겠어요! 총 대표님이 대놓고 키우는 걸 보면 당연히 잘하겠지만⋯⋯."

뿔난 듯 보였지만 이것 역시 닉 리먼드의 장난이었다.

사람들은 다시 한 번 웃었고 분위기는 아주 편안한 쪽으로 바뀌었다.

아직 분위기에 적응하지 못하고 쭈뼛거리고 있는 카와나 유미와 세키 란에게 정호가 작은 목소리로 말했다.

"저쪽으로 가서 이 순간을 즐기세요. 오늘을 기점으로 두 사람도 곧 저 사람들과 같은 지위를 얻게 될 겁니다."

잠시 카와나 유미와 세키 란은 '이 사람이 왜 이러나?' 하는 표정으로 정호를 올려다봤다.

하지만 이내 정호의 말에 용기를 얻었는지 두 사람은 세계적인 아티스트 사이로 다가갔다.

정호의 마음을 읽은 강여운이 앞으로 나서서 카와나 유미와 세키 란을 반겼다.

본인이 직접 도와 세계적인 아티스트들과 친목을 다질 수 있도록 할 생각인 것 같았다.

'걱정 마요.'

강여운이 이런 뜻의 윙크까지 날린 걸 보면 확실했다.

그렇게 20분 정도의 시간이 지났을까.

이번 광고를 연출할 광고 감독이 붉게 상기된 얼굴을 감추지 못하며 등장했다.

세계적인 아티스트들과 함께한다고 하니 절로 긴장한 모양이었다.

'디퍼런트 트윈의 멤버들과 비슷한 수준의 긴장을 하고 있는 거 같군. 확실히 긴장을 절로 일으킬 만한 멤버들이긴 하지.'

세계적인 아티스트들 앞에 선 광고 감독이 입을 열었다.

21장. 광고의 파급 효과

광고 감독은 처음에는 긴장한 듯 말을 더듬었지만, 이내 말을 하며 긴장이 풀린 듯 자연스럽게 자기소개를 하는 데 성공할 수 있었다.

"아, 안녕하세요. 반갑습니다. 이번 광고 촬영의 연출을 맡게 된 다카하시 하루토입니다. 잘 부탁드립니다."

그렇게 다카하시 하루토의 소개가 끝났고 광고 촬영장에 모인 세계적인 아티스트들은 다카하시 하루토를 박수로 맞이했다.

사실 이런 식으로 촬영 전에 광고 감독이 스스로를 소개하는 일은 거의 없었다.

'모인 사람들이 모인 사람들인지라 이런 광경이 연출됐을 뿐이지. 그나저나 사람들이 다카하시 하루토를 굉장히 반기는군. 미리 건네받은 콘셉트가 마음에 든 것인가?'

당연한 소리겠지만 이 자리에 모인 사람들은 시간 한 번 맞추기도 힘든 세계적인 아티스트들이었다.

그러다 보니 미리 콘셉트를 전해 받고 짧은 시간 안에 결과물을 수정하거나 완성시킬 수 있도록 준비를 해 온 상태였다.

다카하시 하루토가 좌중을 둘러보며 다시 한 번 미리 전달됐던 콘셉트를 설명했다.

"아시다시피 이번 광고 촬영의 콘셉트는 '방 안의 아티스트'입니다. 세계적인 아티스트들조차도 영감을 방 안에서 받고 그것을 예술로 표현한다는 것이 핵심 주제인 셈이죠. 또한 그렇기 때문에 집처럼 편한 '교진'으로 온다면 누구나 아티스트가 될 수 있다는 걸 각자의 예술 방식으로 조화롭게 나타내 주시면 되겠습니다. 먼저 이 광고의 틀을 잡아 줄 한유현 작곡가님의 음악부터 들어 보겠습니다."

다카하시 하루토가 현장 스태프에게 신호를 보냈고 가이드가 입혀진 잔잔한 은율의 곡이 흘러나왔다.

정호가 살펴보니 한유현이 살짝 긴장하는 기색이 느껴졌다.

한유현조차도 세계적인 아티스트 앞에서 자신의 곡을 선보인다는 게 떨리는 모양이었다.

하지만 다행히 사람들은 눈을 감은 채 곡을 즐겁게 감상했다.

곡은 길지 않았다.

총 50초밖에 되지 않았다.

실제 방송되는 광고의 길이가 1분이라는 점을 감안하여 만들었기 때문이었다.

'따로 편집하여 만들 2분짜리 광고도 있겠지만 그건 앞뒤로 아티스트들이 모여서 상의하고 마무리하는 장면으로 이뤄지겠지. 그런 까닭에 곡 길이는 50초가 딱 좋아.'

한유현의 곡 재생이 끝나자 저마다의 방식으로 음악을 감상하던 아티스트들의 박수가 쏟아졌다.

박수 소리와 함께 긴장이 풀린 한유현이 감사의 표시로 가볍게 고개를 숙였다.

연주를 맡은 닉 리먼드가 입을 열었다.

"이런 좋은 곡이 제 손에서 연주된다니 기쁘네요. 역시나 유현 씨는 저를 실망시키지 않습니다."

신유나가 중간 다리가 되어 여러 번 닉 리먼드와 곡 작업을 해 본 적 있는 한유현이었다.

그렇기 때문에 둘의 친분은 상당하다고 할 수 있었다.

음악적으로 지속적으로 영향을 받는 사이였고.

한유현이 대답했다.

"그렇게 말씀해 주시니 기쁘군요. 이 곡을 피아노로

연주하신다고요?"

닉 리먼드가 고개를 끄덕이며 말했다.

"아무래도 그게 이 곡의 잔잔하고 순수한 면을 제대로 부각시킬 수 있을 거라고 판단했습니다. 그 자체가 오케스트라라고 칭송받는 피아노라면 곡이 조금 복잡해도 충분히 소화할 수 있을 거라 생각하기도 했고요."

닉 리먼드가 직접 보여주겠다는 듯 세트장에 놓여 있는 피아노 앞에 앉았다.

잠깐 조율을 확인하듯 피아노를 쳐보던 닉 리먼드가 마침내 연주를 시작했다.

미리 곡을 연습해 온 닉 리먼드는 아주 손쉽게 한유현의 곡을 연주했다.

동시에 아주 뛰어난 연주이기도 했다.

닉 리먼드의 연주가 끝나자마자 이번에도 어김없이 박수가 터져 나왔고 후트 셔젤이 참지 못하겠다는 듯 말했다.

"이왕 이렇게 된 거 한번 제대로 맞춰 보기로 하죠."

후트 셔젤은 그렇게 말하며 사람들의 위치를 선정하기 시작했다.

후트 셔젤의 역할은 바로 이런 '연출 속의 연출'이었다.

다시 말해서 이 프로젝트를 전체적으로 구성하는 사람은 후트 셔젤이라는 뜻이었다.

물론 할 일이 많았지만 단순화해서 말하자면 광고 감독인 다카하시 하루토는 그저 이 과정을 카메라에 담는 사람일 뿐이었다.

후트 셔젤이 공을 들여 세계적인 아티스트들의 위치를 조정하고 표현 방식에 대한 상의를 했다.

그리고 그 과정을 다카하시 하루토가 담아냈다.

후트 셔젤이 말했다.

"시작은 강여운 양이 고요한 방 안에서 뭔가를 읽으며 생각에 빠진 것으로 시작합니다. 그때 옆방에서 닉 리먼드가 피아노 연주를 시작하는 거죠. 그리고 그 연주에 또 다른 방에 있던 디퍼런트 트윈이 노래를 덧붙이는 겁니다. 그런 식으로 방과 방 사이의 교류가 이어지는 거죠."

연주에 따라 다른 방에서는 춤을 추고 다른 방에서는 비디오 아트를 보여주는 등 각 분야의 대가들이 자신의 예술 세계를 뽐내고 그것이 묘하게 음악과 어우러져 종국에는 한 가지 타이틀을 띄운다는 구성이었다.

그리고 종국에 띄워질 타이틀은 다름 아닌 '교진'이었다.

광고 촬영은 훌륭하게 마무리됐다.

다카하시 하루토가 말했던 '방 안의 아티스트'라는 콘셉트가 완벽하게 이미지화된 촬영이었다.

촬영장에 모인 세계적인 아티스트들은 자신들의 공동 창작물이 훌륭히 소화된 것에 기뻐했고 그 분위기는 그대로 회식 자리로 이어졌다.

후트 셔젤이나 닉 리먼드는 아쉽게도 다시 미국행 비행기에 올라야 했기 때문에 회식에 참석하지 못했다.

하지만 그 외의 모든 사람들은 무리 없이 참석할 수 있었고 회식은 가족과 같은 화기애애한 분위기와 예술에 대한 열띤 토론을 넘나들며 즐겁게 진행됐다.

그중에서도 촬영 내내 기를 펴지 못한 다카하시 하루토와 디퍼런트 트윈 멤버들이 활발하게 사람들과 어울리는 점이 무척이나 보기가 좋았다.

그렇게 회식이 마무리됐고 2주의 시간이 지났다.

마침내 광고의 완성본이 나왔다.

모든 분야의 아티스트를 1분에 담을 수 없었던 탓에 완성본은 두 개였다.

이 두 개의 완성본이 실제 방송에서는 번갈아가면서 사용될 예정이었다.

정호를 비롯한 회의실에 모인 인원들이 완성본을 확인했다.

확실히 '방 안의 아티스트' 라는 콘셉트가 어색하지 않은 훌륭한 광고였다.

광고를 끝까지 살펴본 뒤 강철두가 입을 열었다.

"두 가지 완성본 모두 앞부분이 동일하군요. 여운 양이 방 안에서 책장을 넘기며 생각에 잠겨 있을 때, 다른 방에서 유현 씨와 함께 있던 닉 리먼드가 피아노를 땅, 하고 두드리며 광고가 시작되고 그 후 디퍼런트 트윈이 다른 방에서 노래를 덧붙이는 부분까지가요."

강철두의 말을 민봉팔이 받았다.

"그런 것 같습니다. 확실히 앞부분 이후로 버전이 나뉘는 것 같네요. 춤, 비디오 아트, 발레, 회화 등의 아티스트들이 각각의 버전에서 따로 등장하는군요. 2분짜리 영상에는 모든 팀이 다 들어가 있는 건가요?"

민봉팔이 이렇게 질문하자 교진의 기획팀 직원 하나가 2분짜리 광고를 틀었다.

예상대로 그날 촬영에 참여한 모든 분야의 아티스트들이 2분짜리 광고에 들어가 있었다.

단순히 들어가 있는 것만이 아니라 후트 셔젤과 상의하여 구도를 짜고 결과물을 배치하는 등의 작업도 포함되어 있는 광고였다.

그걸 보며 카즈마가 말했다.

"어쩐지 1분짜리 영상 두 개에는 후트 셔젤이 나오지 않더니 여기에 있었군요. 이거 근데 괜찮을까요? 후트 셔젤의 이름값을 생각하면 1분짜리 영상에도 나오는 게 좋을 것 같은데……."

정호가 고개를 저으며 대답했다.

"이렇게 구성한 1분짜리 영상들이 구도상 더 나은 것 같습니다. 후트 셔젤은 2분짜리 영상에 등장하는 것으로 만족하기로 하죠. 아마 기사나 SNS상으로 후트 셔젤이 광고 촬영에 참여했다는 정보가 유포될 테니 크게 문제는 없을 겁니다."

회의실에 모인 사람들이 고개를 끄덕였다.

확실히 이미 1분짜리 영상에 있는 아티스트들만으로도 엄청난 이름값을 확보한 상태였다.

그런 까닭에 후트 셔젤을 보기 위해서는 2분짜리 광고를 찾아서 봐야 하는 즐거움으로 남겨둬도 될 것 같았다.

'전체적으로 구성하는 데 후트 셔젤의 공헌이 적지 않게 들어가긴 했지만 결과적으로는 다카하시 하루토가 잘 찍어서 편집했군. 이게 원래 본인의 실력인지, 아니면 이번 광고에만 힘이 들어간 것인지는 모르겠지만 아주 훌륭해.'

정호가 이런 생각을 하며 회의를 마무리하기 위해 말을 이었다.

"그럼 이렇게 광고의 최종본을 픽스하기로 하죠. 좋은 자리에, 최대한 빠르게 광고가 송출될 수 있게 교진의 홍보팀에서 신경을 써 주세요. 이 광고와 연계할 수 있도록 언론에 보도 자료를 뿌리고 SNS를 활성화하는 것도 잊지 말고요."

◇ ◆ ◇

교진의 홍보팀 직원들이 부지런히 움직였다.

그 결과, 얼마 지나지 않아 광고가 방송을 타고 송출되기 시작했다.

첫 반응은 나쁘지 않았다.

교진이라는 타이틀이나 디퍼런트 트윈보다는 세계적인 아티스트들이 모여서 광고를 찍었다는 점에 더 주목하는 기색이 없진 않았지만 온라인상으로 좋은 반응이 퍼져 나갔다.

그리고 며칠 동안 광고가 방영되자 사람들이 드디어 교진과 디퍼런트 트윈에 반응을 보이기 시작했다.

[진짜 교진의 저 광고는 쩌는 것 같다ㅋㅋㅋㅋ 이름값이 무슨 어벤져스급!ㅋㅋㅋㅋㅋ]

[근데 내가 궁금한 건 광고에 나오는 세계적인 아티스트들이 전부 정말 교진 소속임?ㅋㅋㅋ]

[내가 알기로 저 중에 교진 소속은 노래를 부르는 두 명의 여자 가수밖에 없음ㅋㅋㅋ]

[아, 레알임?ㅋㅋㅋㅋ 이름이 뭐임?ㅋㅋㅋㅋ]

['디퍼런트 트윈'이라고 음원 차트 찾아보면 90위권에서 확인할 수 있음ㅋㅋㅋㅋ]

[지금은 없는데?ㅋㅋㅋㅋ 잠깐 90위권에 들어갔다가 사라진 모양ㅋㅋㅋ]

[노래 들어봤는데 상당히 괜찮은걸?ㅋㅋㅋㅋ]

[노래는 괜찮음ㅋㅋㅋ 하지만 교진이라는 듣보잡 회사에서 나왔는데 성공할 수 있을까?ㅋㅋㅋㅋㅋ]

[투자를 제대로 하는 거 보니깐 뭔가 될 것 같기도 한데ㅋㅋㅋㅋ]

[확실히 광고의 임팩트가 크긴 함ㅋㅋㅋ 이제 사람들이 교진을 거의 다 아는 눈치이던데?ㅋㅋㅋ]

[지금 야호 재팬 검색어 순위 교진이 엄청 오르고 있음ㅋㅋㅋㅋ]

[이 정도 이름값의 아티스트들을 모으려면 돈이 엄청 깨졌을 텐데 교진도 참 대단하다ㅋㅋㅋ 어디 재벌가가 세운 음반 회사인가?ㅋㅋㅋㅋ]

[소니아 쪽에서 투자해서 만든 회사라는 소문도 있고ㅋㅋㅋ 세계적인 아티스트들이 목소리를 내기 위해 후원처럼 설립한 회사라는 소문도 있고ㅋㅋㅋㅋ 뭐 여기저기 루머가 확산되는 중ㅋㅋㅋㅋ]

[컬쳐 필드의 일본 지부라는 소문도 있던데?ㅇㅇ]

[미네르바의 일본 지부라는 소문도 돌고 있음ㅋㅋㅋㅋ 어떤 소문도 아직 믿을 게 못 됨ㅋㅋㅋㅋ]

[그런데 뒤에 그런 수준의 투자처가 있으면 투자처를 밝히는 게 더 낫지 않을까?ㅋㅋㅋ 그래야 이름도 빨리 알려지고 좋잖아?ㅋㅋㅋㅋ]

[좋은 점도 있지만 나쁜 점이 더 많죠ㅋㅋㅋ 일본 3대 음반 회사의 견제가 무척이나 심해질 거예요ㅋㅋㅋㅋㅋ]

[하긴 그러면 아무리 해외에서 잘나가도 일본 내에서는 힘을 쓰기가 쉽지 않지ㅋㅋㅋㅋ 마음먹고 방송 못 나오게 하면 끝이잖아ㅋㅋㅋㅋㅋㅋ]

[어느 정도 영향력이 키워서 방송에서 퇴출하지 못하게 하려는 공산이 큼ㅇㅇ]

[근데 디퍼런트 트윈 노래 들으면 들을수록 좋던데?ㅋㅋㅋㅋ 내 플레이리스트에서 자꾸 찾게 됨ㅋㅋㅋㅋ]

[아까 다시 음원 차트 순위 진입한 거 봤음ㅋㅋㅋㅋ 실시간으로 쭉쭉 순위가 올라가던데?ㅋㅋㅋㅋ]

[왠지 응원하고 싶은 그룹임ㅋㅋㅋㅋ 음악성도 뛰어나고 대중성도 느껴짐ㅋㅋㅋㅋ 무엇보다 세계적인 아티스트들이 돈 준다고 실력도 없는 가수와 이런 광고를 찍었을 리가 없음ㅋㅋㅋㅋ]

[닉 리먼드가 있으면 말 다 한 거지ㅋㅋㅋㅋ]

[광고 영상 인터넷으로 찾아보면 2분짜리 있는데 거기에는 후트 셔젤도 있음ㅋㅋㅋ]

[헐?ㅋㅋㅋ 〈룰루랜드〉의 후트 셔젤도?ㅋㅋㅋㅋ]

[약간 미친 거 같은데?ㅋㅋㅋ 나도 디퍼런트 트윈 노래 들어 봐야겠다ㅋㅋㅋ 세계적인 아티스트랑 같이 광고 찍으려면 얼마나 노래를 잘해야 하는 건지ㅋㅋㅋㅋ]

[겁나 잘함ㅋㅋㅋㅋ 고음부에서 약간 소름 돋음ㅋㅋㅋㅋ]

[애절하다ㅋㅋ 애절해ㅋㅋㅋㅋ 정말 노래 좋네ㅋㅋㅋㅋ]

[아직 데뷔도 안 한 가수인 거 맞죠?ㅋㅋㅋ 빨리 데뷔 무대 보고 싶네ㅋㅋㅋㅋ 어디서 하려나ㅋㅋㅋㅋ]

[어디든 무대 영상 보고 싶다ㅋㅋㅋ]

투자의 효과가 톡톡히 나오고 있었다.

교진과 디퍼런트 트윈이 온라인상에서 한번 언급되자마자 엄청난 파급 효과를 냈기 때문이었다.

'교진과 디퍼런트 트윈이 야호 재팬의 검색어 순위에서 내려오질 않는군. 디퍼런트 트윈의 음원 순위도 빠르게 상승하고 있는 중이고. 벌써 60위권까지 진입했군.'

하지만 이건 시작에 불과했다.

자그마치 일주일이었다.

교진과 디퍼런트 트윈은 일주일 내내 야후 재팬의 검색어 순위 1, 2위를 차지한 채 내려올 생각을 하지 않았다.

자연스럽게 이러한 검색어 순위에 대한 후속 기사가 나갔다.

그러면서 교진과 디퍼런트 트윈의 검색어 순위는 더더욱 공고해졌다.

뿐만 아니라 디퍼런트 트윈의 음원 차트 순위도 엄청난 속도로 높은 곳으로 치고 올라가기 시작했다.

정호는 습관처럼 디퍼런트 트윈의 음원 차트 순위를

확인한 후 놀랐다.

'1위? 갑자기 1위?'

물론 갑자기는 아니었다.

이틀 전 이미 10위권 내에 진입했기 때문에 더 높은 순위를 기대하고 있긴 했었다.

하지만 이 정도로 높은 순위를 차지할 거라고는 생각하지 못했다.

아주 잠깐이라도 1위는 아무나 하는 것이 아니었다.

게다가 디퍼런트 트윈은 데뷔 무대조차 가지지 못한 신인 가수에 불과했다.

정호는 화들짝 놀란 가슴을 애써 가라앉히며 온라인상의 반응을 살폈다.

[디퍼런트 트윈 노래가 왜 이렇게 좋은지 작곡가를 살펴봤는데 대박ㅋㅋㅋ 한유현, 신유나, 오서연임ㅋㅋㅋㅋㅋ]

[신유나, 오서연이 쓴 타이틀곡이 대박이지ㅋㅋㅋ 〈빨리 빨리〉랑 〈안녕이라고 말할 거니?〉는 진짜 대박 명곡인 거 같다ㅋㅋㅋㅋㅋ]

[근데 약간 냄새가 나지 않음?ㅋㅋㅋㅋ 작곡가가 전부 컬쳐 필드 소속이잖아ㅋㅋㅋㅋ]

[교진의 광고도 컬쳐 필드와 관련 많은 사람들로 한가득이지ㅋㅋㅋㅋㅋ 교진의 배후에 컬쳐 필드가 있다고 확신 중ㅋㅋㅋㅋ]

[디퍼런트 트윈이 아직까지 데뷔 못 한 게 그래서 그런 건가?ㅋㅋㅋ]

[확실히 3대 음반 회사가 철저하게 출연을 막고 있는 것 같음ㅋㅋㅋㅋㅋㅋ]

[엥?ㅋㅋㅋ 어떻게 그걸 확신함?ㅋㅋㅋㅋ 솔직히 디퍼런트 트윈이 아직 정규 방송의 데뷔 무대를 가질 급은 아니지 않나?ㅋㅋㅋ 소속 음반 회사도 겨우 교진이잖아ㅋㅋㅋㅋ]

[무슨 소리야ㅋㅋㅋㅋ 지금 교진이랑 디퍼런트 트윈이 며칠째 검색어 순위 1위 하고 있는 거 눈에 안 보이냐?ㅋㅋㅋㅋ 게다가 방금 보니깐 드디어 음원 차트 순위도 1위를 차지했더라ㅋㅋㅋㅋ]

[음원 차트 1위라고?ㅋㅋ 대박ㅋㅋㅋ 무슨 노래로 1위임?ㅋㅋㅋㅋ]

[〈빨리 빨리〉가 1위, 〈안녕이라고 말할 거니?〉가 4위ㅋㅋㅋ]

[와ㅋㅋㅋ 3대 음반 회사의 횡포가 심하긴 하구나ㅋㅋㅋㅋ 음원 차트 순위에서 1위를 해도 방송 출연을 막다니ㅋㅋㅋㅋ]

[솔직히 이건 아니지 않음?ㅋㅋㅋ 방송이 이렇게 국민의 알권리를 막아도 되는 거임?ㅋㅋㅋ]

[알권리까진 아니지만 그래도 좀 심한 건 확실함ㅋㅋㅋㅋ]

[벌써 디퍼런트 트윈 팬들이 방송국 테러하고 난리다ㅋㅋㅋ 빨리 출연시켜 달라고ㅋㅋㅋ]

[팬도 있음?ㅋㅋ 교진 홈페이지에 팬클럽 만들었다는 소리 못 들었는데?ㅋㅋㅋㅋ]

[비공식 팬클럽임ㅋㅋㅋ 서너 개 생겼는데 규모가 웬만한 아이돌 그룹은 그냥 뛰어넘음ㅋㅋㅋㅋ]

[디퍼런트 트윈의 노래가 그 정도로 좋냐?ㅋㅋㅋ]

[안 좋다고 하는 사람은 최소 연애 고자ㅇㅇ]

[아ㅋㅋㅋ 그 정도?ㅋㅋㅋ 들어 봐야겠다ㅋㅋㅋㅋ]

[신인이 당차게 정규 앨범으로 데뷔해서 놀랐는데 이제 왜 그랬지 알 것 같음ㅋㅋㅋ]

[맞아ㅋㅋㅋ 앨범 전체가 명반이야ㅋㅋㅋㅋ]

[한유현이 작곡한 〈미워도 사랑이잖아〉는 후속곡으로 나올 것 같은데ㅋㅋㅋ 음원 차트 순위도 12위고ㅋㅋㅋ]

[후속곡?ㅋㅋㅋ 무슨 방송 출연을 해야 후속곡이지ㅋㅋㅋㅋ]

[근데 교진이 뮤직비디오는 찍어줬을까?ㅋㅋㅋ 돈이 없는 건가?ㅋㅋㅋ]

[돈이 없는데 저런 광고를 찍을 수 있겠냐?ㅋㅋㅋ]

[아니ㅋㅋㅋ 그럼 뮤직비디오가 있으면 내보내야지ㅋㅋㅋㅋ 왜 묵혀 두지?ㅋㅋㅋ]

[하긴 방송도 안 하는 때에 뮤직비디오라도 나와 주면 좋을 텐데ㅋㅋㅋㅋ]

[진짜 궁금하다!ㅋㅋㅋ 제발 나와라!ㅋㅋㅋㅋ]

[방송국은 각성해라! 각성해라!]

댓글을 내려서 읽으면 읽을수록 폭동이 일어날 기세로 바뀌고 있었다.

이런 반응이 영향을 끼친 것일까?

교진의 사무실도 정신이 없었다.

직원들 너 나 할 것 없이 수화기를 붙들고 있었다.

"아, 디퍼런트 트윈 출연이요? 물론이죠. 신경 쓰고 있습니다.

"맞습니다. 여기가 교진입니다. 데뷔 무대요? 당연히 해야죠. 방송국이 어디라고 하셨죠?"

"예능 출연이요? 글쎄요. 아직 디퍼런트 트윈이 데뷔조차 못 한 상태라…… 예능을 출연하면 데뷔 무대에도 넣어주겠다고요?"

"방송 출연 좋죠! 말씀하세요."

"한유현 작곡가랑 무슨 관계냐고요? 아니, 그건 왜……."

얼토당토않은 걸 묻는 사람들도 있었지만 대체로 디퍼런트 트윈의 방송 출연을 제의하는 전화였다.

그리고 이렇게 불티나게 걸려오는 전화들은 디퍼런트 트윈의 현재 위상을 알려주고 있었다.

'당초에 생각한 것보다 더 폭발적인 반응이다. 이전의 시간보다도 빠른 성장이야.'

정호는 이대로 디퍼런트 트윈을 데뷔 무대에 올려도

될지 고심했다.

현재 정호의 앞에는 두 가지 선택지가 있었다.

당장 데뷔 무대를 시작으로 디퍼런트 트윈의 방송 활동을 이어 나가며 이름을 알리는 것과 방송 활동을 보류하고 뮤직비디오부터 공개하여 팬들과 방송국의 애를 더 닳게 하는 것이 바로 그 두 가지의 선택지였다.

양쪽 다 장단이 있는 선택지였기 때문에 정호로서는 고민스럽지 않을 수가 없었다.

하지만 고민은 의외로 쉽게 처리됐다.

어느 방송국과 전화를 하고 있는 카즈마의 목소리가 정호의 귀에 들어왔던 것이다.

"네? 지금 방송을 출연하지 않으면 영영 길을 닫겠다고요? 아니, 갑자기 그런 말씀을 하시면 어쩝니까…… 저희 사정도 생각해 주셔야죠……."

그 모습을 보며 정호는 선택을 내렸다.

뮤직비디오부터 공개하여 팬들과 방송국의 애를 더 닳게 하기로.

◇ ◆ ◇

얼마 후, 디퍼런트 트윈의 〈빨리 빨리〉의 뮤직비디오가 공개됐다.

밀키웨이의 뮤직비디오를 제작하여 전 세계적으로 이름을 알린 김정욱 감독이 직접 연출한 뮤직비디오였다.

김 감독은 현재 컬쳐 필드 소속의 뮤직비디오 감독으로 활동 중이었다.

상위 통합 브랜드를 발족하면서 정호가 포섭한 수많은 인재 중 한 사람이었다.

'김 감독이 선뜻 뮤직비디오를 맡아 준 덕분에 뮤직비디오가 아주 잘 나왔다. 게다가 뮤직비디오의 연출이 김 감독이라는 소문만 돌아도 굉장한 이슈가 되겠지.'

심지어 정호의 안배는 이게 끝이 아니었다.

뮤직비디오의 핵심이라고 할 수 있는 주인공을 특별한 사람으로 모신 것이다.

강여운, 유미지만큼은 아니지만 아시아 전역에서는 엄청난 이름을 알리고 있는 지해른이 바로 그 주인공이었다.

크게 두 가지 노림수가 있는 주인공 선정이었다.

'하나는 디퍼런트 트윈의 존재를 철저히 감추기 위해서다. 디퍼런트 트윈이 얼굴을 드러내지 않을수록 팬들의 애가 더 닳을 것이고. 방송국을 향한 압박이 더 심해지겠지. 그렇게 갑을의 입장은 자연스레 바뀔 것이다.'

여러 번 언급하지만 일본은 3대 음반 회사의 힘이 방송국에 뿌리 깊게 미치고 있는 상태였다.

다시 말해서 애매하게 영향력을 확보한 상태에서는 언제든 디퍼런트 트윈이 3대 음반 회사의 횡포에 휩쓸릴 수 있다는 뜻이었다.

정호는 이걸 미리 대비할 생각이었다.

'그리고 또 하나는 해른이의 인기와 연기력을 이용하는 것이지. 여운이나 미지 정도는 아니지만 해른이도 일본에서만큼은 인지도가 상당한 편이니까. 해른이의 뮤직비디오 출연은 사람들의 시선을 확실히 사로잡을 수 있을 거야.'

또한 동시에 정호는 지해른의 연기를 이용하여 한 가지 수를 쓴 상태였다.

그것은 바로 〈빨리 빨리〉 뮤직비디오에 도입부 장면이었다.

정호는 일부러 〈빨리 빨리〉의 도입부를 다음과 같이 짰다.

〈빨리 빨리〉 뮤직비디오 속의 지해른은 방송국 PD다.

지해른은 오늘도 외부의 압박 때문에 정신이 없다.

실력도 없고 인기도 없는 가수를 억지로 끼워 맞춰 출연시키려고 하니 골치가 아프다.

그런 상황에서 엎친 데 덮친 격 남자 친구조차 연락이 되질 않는다.

얼마 전, 싸우다가 화를 참지 못하고 쏘아붙인 말들에 화가 난 모양이다.

결국 지해른은 전화기를 한 손에 든 채 늦은 밤거리를 가로질러 터덜터덜 퇴근을 하기 시작한다.

그리고 동시에 디퍼런트 트윈의 〈빨리 빨리〉가 재생된다.

눈치 챘겠지만 이 뮤직비디오 도입부에는 3대 음반 회사와 연계하는 방송국 전체에 대한 조롱이 담겨 있었다.

하지만 이건 단순한 조롱이 아니었다.

이 조롱은 3대 음반 회사와 연계를 하는 방송국에 대한 팬들의 분노로 이어질 것이 분명했기 때문이었다.

정호의 예상대로 〈빨리 빨리〉의 뮤직비디오가 공개되자마자 팬들의 분노는 거세졌다.

유망한 신인 가수에게 방송 출연 기회조차 주지 않는 방송국에 대한 원색적인 비난을 퍼부은 것이다.

팬들만이 아니었다.

언론도 나서서 '영향력을 행사할 수 있지만 방송국의 본분마저 망각해서는 안 된다.' 는 요지의 기사를 쏟아 냈다.

그러자 교진으로 걸려오는 전화가 두 배로 많아졌다.

게다가 그것은 전부 방송국의 방송 출연 제의였다.

카즈마가 정호의 옆에서 누군가와 전화 통화를 했다.

힐끔 들어 보니 일전에 전화 통화를 했던 그 방송국 같았다.

"네? 저번에는 정말 죄송했다고요? 아니, 아닙니다. 실수를 하실 수도 있죠. 알겠습니다. 디퍼런트 트윈의 출연을 긍정적으로 검토하겠습니다. 네, 신속히 답변 드릴게요."

정호가 그 모습을 보며 씨익, 하고 웃었다.

◇ ◆ ◇

디퍼런트 트윈은 일본 3대 방송국에서 모두 데뷔 무대를 가졌다.

그냥 데뷔 무대 수준이 아니었다.

그 주의 1위 후보 바로 앞으로 무대 순서를 배정받았을 정도로 방송국의 대우를 받았다.

뿐만 아니라 무대의 구성이나 효과도 굉장한 게 거의 웬만한 스타급 아이돌의 컴백 무대 수준의 대우였다.

하지만 팬들은 이런 준비조차 당연한 것으로 받아들였다.

[솔직히 지금까지 홀대했으면 이 정도는 당연하지!]

[나는 왜 디퍼런트 트윈이 1위 후보가 아닌지 모르겠다]

[첫 출연이라고 무시하는 건가?]

[여전히 깡패나 다름없는 방송국들의 클라스]

[아! 그래도 디퍼런트 트윈의 무대를 봐서 너무 기쁘다]

[진짜 얼마나 기다린 거냐!]

[애들 너무 이쁜데? 광고보다 더 예쁜 듯]

[광고에서도 노래에 집중하느라 고개를 숙이고 있는 듯한 느낌이었지]

[지금은 잘 보여서 확실히 너무 좋다]

[노래 정말 라이브임? 대박!]

아무도 부정할 수 없는 대단한 성공이었다.

그런 성공적인 데뷔 무대를 디퍼런트 트윈이 해냈다.

세 번째 방송국의 데뷔 무대를 끝나고 내려온 카와나 유미와 세키 란이 정호에게 다가왔다.

사뭇 비장한 표정이라서 정호가 긴장했다.

'뭐야…… 복수의 말이라도 하려는 건가…….'

하지만 뜻밖에도 카와나 유미와 세키 란은 정호에게 고개를 숙여 인사했다.

카와나 유미가 말했다.

"저희에게 이런 일이 벌어진 게 모두 총 대표님의 은혜라는 거 알고 있어요. 이렇게 이끌어 주셔서 감사합니다. 반드시 더 큰 성공으로 보답할게요."

진심이 담긴 감사 인사였다.

정호는 카와나 유미와 세키 란이 뒤를 돌아볼 줄 아는 사람들이라는 것에 내심 기뻤다.

정호가 두 사람을 흐뭇하게 바라보며 말했다.

"다 두 분이 잘해서 이렇게 된 겁니다. 그러니깐 그저 이 순간을 즐기도록 하세요."

23장. 교진의 프로젝트

디퍼런트 트윈의 승승장구는 교진의 성장으로 이어졌다.

교진은 빠른 속도로 몸집을 불려 나갔다.

특히 디퍼런트 트윈으로 명성을 얻은 카즈마가 부지런히 움직였다.

"가능하면 이 기회를 이용해 조금 더 높은 곳으로 올라가고 싶습니다. 더 많은 인재들을 모을 수 있게 도와주십시오."

카즈마의 정호에게 간절하게 부탁했고 정호가 고개를 끄덕였다.

동의할 수밖에 없는 의견이었다.

디퍼런트 트윈으로 명성을 쌓긴 했지만 교진이 더 높은 곳으로 올라가기 위해서는 외부의 도움이 절실히 필요했다.

음악 시장이라는 곳만을 한정적으로 놓고 생각해도 디퍼런트 트윈으로 낼 수 있는 화력 자체가 너무나도 약했기 때문이었다.

디퍼런트 트윈은 교진이 앞으로 나아가기 위한 포석에 불과했다.

그런 까닭에 더 많은 인재를 교진으로 데려올 필요가 있었다.

'다행스러운 점은 그나마 디퍼런트 트윈으로 인해 방송사와 긴밀하게 연결돼 있는 3대 음반 회사들이 교진의 활동을 적극적으로 막을 수 없게 됐다는 점이다. 그럴 경우 팬들이 가만히 있지 않을 테니깐.'

또한 정호는 교진을 단순히 음반 회사와 같은 위치에 놔둘 생각이 전혀 없었다.

정호가 원하는 것은 연예계 전반에서 활동할 수 있는 컬쳐 필드의 일본 지부였다.

다시 말해서 배우의 영입도 필수적으로 필요하다는 뜻이었다.

'그와 함께 제작사를 얻어서 드라마, 영화의 작가와 감독을 확보할 수 있다면 좋겠지. 하지만 여기까지 벌써 생각

해서는 안 된다. 너무 앞서 나가다가는 넘어질 수도 있어.'

결국 시급한 것은 '소속사'라는 색깔에 어울리는 다양한 종류의 일본 연예인을 교진으로 데려오는 것이었다.

'일본 제작사와의 협업'과 '드라마, 영화의 작가와 감독 영입'은 그 이후에 생각할 문제였다.

정호는 고민 끝에 말했다.

"그렇다면 교진이 컬쳐 필드의 일본 지부라는 것을 밝히기로 하죠. 그런 후 모든 직원들이 전면에 나서서 계약 기간이 얼마 남지 않은 일본의 연예인을 싹 쓸어오는 겁니다."

이전에는 다른 회사들의 견제가 심해질 것을 염려해 함부로 이런 전략을 세울 수 없었지만, 지금의 교진이라면 충분히 가능한 얘기였다.

디퍼런트 트윈이 충분히 자리를 잡아 놨기 때문이었다.

정호의 말에 민봉팔과 강철두가 반응했다.

먼저 대답한 건 민봉팔이었다.

"오케이. 언제 그 말이 나오나 했지."

강철두도 열의를 가진 채 웃으며 말했다.

"알겠습니다. 바로 움직이죠. 확실한 대어를 반드시 낚아오도록 하겠습니다."

◇ ◆ ◇

얼마 후, 정호의 지시대로 교진이 컬쳐 필드의 일본 지부라는 게 공식화됐다.

전 세계 언론을 통해서 해당 사실이 알려졌음은 물론이고 공식 기사 회견도 가졌다.

자연스럽게 사람들의 시선이 교진으로 향했다.

각종 언론의 기사들이 교진을 취재하기 위해 발 빠르게 움직였고 라이벌이라고 할 수 있는 일본 음반 회사와 배우 소속사들이 교진을 견제하기 시작했다.

또한 팬들은 교진의 행보에 기대감을 가졌다.

그럴 수밖에 없는 게 컬쳐 필드라는 이름은 이미 아시아 전역에서 검증이 되었기 때문이었다.

밀키웨이, 강여운 등으로 사실상 아시아뿐만이 아니라 전 세계적으로도 적지 않은 명성을 떨치고 있는 것이 컬쳐 필드였다.

견제와 기대가 동반되지 않으면 오히려 이상한 상황이라는 얘기였다.

하지만 다른 의미로 교진에 관심을 가지는 사람들도 있었다.

그것은 다름 아닌 교진의 영입 타깃이 된 연예인들이었다.

도쿄 긴자의 외곽에 위치한 비밀 술집.

그곳에서 두 남자가 한창 대화를 나누는 중이었다.

잘생긴 얼굴을 한 남자가 장난기 가득한 눈을 반짝이며 입을 열었다.

"형, 그거 들었어요? 교진이라는 곳?"

남자의 말에 다른 의미로 잘생겼다고 할 수 있는 또 다른 남자가 피식 웃었다.

말을 건 남자가 대학생과 같은 싱그러운 느낌의 미남이었다면, 피식 하고 웃은 이 남자는 시니컬하면서도 고독한 느낌을 물씬 풍기는 미남이라고 할 수 있었다.

"너도 그 얘기냐? 교진, 교진. 가는 곳마다 교진 얘기뿐이군."

그러자 대학생과 같은 미남이 흥분해서 말했다.

"이건 그냥 넘길 얘기가 아니에요. 형도 들어서 알 거 아니에요? 교진 뒤에 자그마치 컬쳐 필드가 있다니까요."

대학생과 같은 미남이 흥분한 상황에서도 천천히 위스키를 입안에 털어낸 시니컬한 미남이었다.

위스키를 음미하며 삼킨 후 시니컬한 미남이 뒤늦게 대꾸했다.

"그래봐야 신생 소속사야. 그런 곳이 이 나라의 연예계가 어떻게 돌아가는 줄 알겠어? 괜히 너도 그런 데에 신경 쓰지 말고 연기에나 집중해라. 배우가 그런 데에 솔깃하면 못써."

대학생과 같은 미남은 여전히 흥분한 채로 입을 열었다.

"이 형이 진짜 뭘 모르시네. 혼자만 연기를 잘하면 뭐 해요. 박수도 마주 쳐야 소리가 나는 거 아닙니까. 연기 하나만큼은 똑 부러지는 세리자 미미랑 기무라 하루 같은 여배우들도 지금 교진의 제안을 받아들였대요."

그제야 시니컬한 미남이 반응을 보였다.

"뭐? 그게 진짜야? 세리자 양이랑 기무라 양이 교진으로 갔다고?"

반응이 온다는 사실에 신이 난 대학생과 같은 미남이 대꾸했다.

"그렇다니까요. 형, 계약 이제 3개월도 안 남았죠? 어서 교진 쪽에 접촉해 보세요."

그때였다.

시니컬한 미남의 스마트폰으로 전화 한 통화가 걸려온 것이.

교진은 총 8명의 연예인과 신규 계약을 맺었다.

그리고 그 과정에서 민봉팔과 강철두의 능력을 새삼 확인할 수 있었다.

'세리자 미미와 기무라 하루를 데려온 것만으로도 엄청난

성과인데 코바야시 히로시와 우츠미 켄까지 데려오다니……'

세리자 미미는 〈눈물이 주르륵〉과 〈해촌 다이어리〉, 〈세상의 끝에서 사랑을 외치다〉의 주연으로 유명한 일본 최고의 여배우 중 한 사람이었다.

특히 〈너와 나의 이름은〉이라는 애니메이션 영화의 여주인공 목소리 역할로 국내의 팬들에게도 잘 알려진 배우였다.

'단연코 일본에서도 열 손가락 안에 꼽히는 대형급 여배우라고 할 수 있지. 늘 로맨스 영화의 여주인공 역할을 맡아 최근까지 연기력을 인정받지 못했지만 〈해촌 다이어리〉에 출연하면서 재평가를 받기도 했고. 더없이 좋은 인재다.'

거기에 〈세상에서 고양이가 없어진다면〉과 〈다만, 널 사랑하고 있는 중이야〉의 주연이었던 기무라 하루도 만만찮은 배우였다.

'세리자 미미보다 나이도 많고 필모도 조금 떨어지지만 기무라 하루도 분명 흥행 파워가 있는 배우지. 세리자 미미와 동일하게 일본 아카데미에서 두 번이나 우수 여주주연상을 받았고.'

둘 다 어느 정도 나이가 있기 때문에 성장 가능성이 높지는 않지만 그 경력만으로도 이미 교진을 탄탄하게 지탱해 줄 배우라고 할 수 있었다.

'민봉팔과 강철두가 심혈을 기울인 결과다. 하지만 세리자 미미와 기무라 하루를 데려오는 과정에서 같이 딸려서 들어온 코바야시 히로시와 우츠미 켄도 만만치 않은 인물들이지.'

코바야시 히로시는 세리자 미미와 함께 〈해촌 다이어리〉에 출연한 배우로 〈너와 101번째 사랑〉, 〈산부인과 병원〉 시리즈로 족적을 남기고 있는 걸출한 스타였다.

평소 술과 문학을 좋아하는 청년으로 흥분하면 대학생 같은 기질을 내뿜는 게 특징인 인물이었다.

또한 일본 배우 인기 순위에서 늘 상위권을 차지하는 스타 중의 스타이기도 했다.

반면에 시니컬하고 고독한 매력이 있는 우츠미 켄은 한때 〈사랑의 시대〉, 〈영웅〉 시리즈로 일본 '만인의 연인'이라는 칭호를 거머쥐었던 배우였다.

지금은 연기파 배우로 변신하여 본인이 출연한 〈무한의 힘〉을 칸 영화제에 상영시키는 등의 활약을 펼치고 있었는데, 코바야시 히로시의 실질적인 스승이라고도 할 수 있었다.

'디퍼런트 트윈이 활약을 하는 가운데 네 명의 훌륭한 배우를 영입하며 교진은 완벽하게 일본에서 자리를 잡는 느낌이군. 이외에 새로 영입한 4명의 가수들도 기대가 되

는 인재들이다. 카즈마가 고르고 고른 원석들 중의 원석이
니깐.'

민봉팔과 강철두가 일본의 스타급 배우들과 접촉할 때
카즈마는 원석이 될 만한 가수들과 계약을 하기 위해 분주
하게 움직였다.

배우와는 달리 이미 스타가 된 가수들을 계약하기란 쉽
지 않았다.

디퍼런트 트윈에 위협을 느낀 3대 음반 회사가 간판스타
를 손에 꼭 쥐고 놓지 않았기 때문이었다.

결국 카즈마는 신인들 쪽으로 눈을 돌릴 수밖에 없었고
그 과정에서 좋은 신인들을 얻을 수 있었다.

심지어 그중에는 정호가 미래를 아는 가수도 있었다.

'마츠야마 키타가와를 만나게 될 줄은 몰랐다. 솔로 남
자 가수로 족적을 남기는 대형 스타지.'

황소 뒷걸음치다가 쥐 잡은 격이라고 할 수 있는 상황이
었다.

미츠야마 카타가와는 디퍼런트 트윈만큼 성장하면 성장
했지 그보다 성장 못 할 가수가 아니었기 때문이었다.

'미래의 일을 장담할 수 없지만 이 정도 인재를 모았다
면 교진은 이제 망하려고 해도 망할 수 없는 단계까지 올라
갔다고 할 수 있다.'

◇ ◆ ◇

정호는 신규 계약한 연예인들을 모아 성대한 파티를 열었다.

교진의 성공과 신규 계약한 연예인들의 성공을 기원하는 동시에 '컬쳐 필드의 일본 지부' 라는 교진의 정체성을 확립하기 위한 행사였다.

민봉팔, 강철두를 따라 파티장으로 이동하자 두 남자가 먼저 정호에게 다가왔다.

그 두 남자는 다름 아닌 긴자 외곽에 위치한 비밀 술집에서 대화를 나누던 대학생과 같은 미남과 시니컬한 미남이었다.

민봉팔이 나서며 말했다.

"소개드리겠습니다. 이번에 교진에 합류한 코바야시 히로시 씨와 우츠미 켄 씨입니다. 인사하시죠. 이쪽은 저희 총 대표님입니다."

정호가 선뜻 손을 내밀며 말했다.

"반가워요. 두 분을 이 자리에서 만나 무척이나 기쁩니다."

코바야시 히로시가 먼저 정호와 손을 맞잡았다.

"〈룰루랜드〉와 〈레드, 월 스트리트〉를 일궈 낸 총 대표님을 이렇게 만나 뵙게 되는군요! 정말 영광입니다!"

코바야시 히로시의 말에 정호는 웃으며 대답했다.

"〈룰루랜드〉와 〈레드, 월 스트리트〉를 만들어 낸 사람들은 따로 있죠. 저는 거기에 겨우 한 손을 보탰을 뿐이고요. 어쨌든 컬쳐 필드의 일본 지부 '교진'에 입성한 것을 환영합니다."

이어서 우츠미 켄이 정호와 악수를 나눴다.

"겸손해 하셔도 이 바닥에서 총 대표님이 이뤄 낸 성과를 모르는 사람은 없을 겁니다. 저도 앞으로 잘 부탁드립니다."

정호가 대꾸했다.

"우츠미 켄 씨를 더 높은 곳으로 데려가기 위해 노력하겠습니다. 컬쳐 필드의 일본 지부 '교진'에서 함께 잘해 봅시다."

정호는 코바야시 히로시, 우츠미 켄과 짧지만 의미 있는 대화를 나눴다.

대부분 교진의 비전에 관한 것이었고 코바야시 히로시와 우츠미 켄은 교진의 비전을 높이 평가하고 있었다.

평소 잘 놀라지 않기로 유명한 우츠미 켄이 살짝 격앙된 어조로 말했다.

"확실히 컬쳐 필드의 향후 계획대로라면 문화 전체를 아우를 수 있는 예술적 가치가 창출되겠군요. 기대가 됩니다."

그런 식으로 대화를 나누고 있을 때 두 명의 여성이 다가왔다.

물론 그 두 명의 여성은 세리자 미미와 기무라 하루였다.

정호는 세리자 미미, 기무라 하루와도 인사를 나눴다.

두 사람 역시 정호에 대해서 깊은 관심과 신뢰를 가진 상태였다.

세리자 미미가 말했다.

"저는 총 대표님의 얘기에 아주 오래전부터 관심이 많았어요. 그래서 묻는 건데 강여운 양과는 언제부터 그런 사이였나요? 정말 최근에 사귀게 된 건가요?"

정호가 웃으며 긍정했다.

의미가 없게 느껴질 수도 있지만 때로는 이런 대화가 친밀감을 쌓는 데 도움이 된다는 걸 잘 알고 있는 정호였기 때문이었다.

한참 그런 식으로 대화를 나누고 있을 때 이번 행사의 사회를 맡은 카즈마가 마이크를 잡았다.

"아아…… 반갑습니다, 여러분. 오늘은 컬쳐 필드의 일본 지부 '교진'의 환영회가 있는 날입니다. 먼저 이번에 새롭게 합류한 분들을 소개하겠습니다."

그렇게 새로 합류한 연예인의 소개가 이어졌다.

카즈마가 간단한 프로필과 함께 이름을 호명하면 호명된 연예인이 그에 화답하는 목례를 하는 식의 소개였다.

소개가 끝나고 이어서 컬쳐 필드의 역사를 담은 영상이 재생됐다.

이런 때를 위하여 광 감독이 힘을 써서 만든 특별 영상이었기 때문에 사람들은 지루해하지 않으며 영상을 관람할 수 있었다.

영상의 재생까지 완료되자 카즈마가 다시 마이크를 잡았다.

"이제 컬쳐 필드의 수장인 오정호 총 대표님의 말씀을 들어보겠습니다. 앞으로 나와 주시죠, 총 대표님."

카즈마의 부름에 정호가 단상으로 나가 여유롭게 마이크를 이어 받았다.

"여러분, 반갑습니다. 컬쳐 필드의 대표, 오정호라고 합니다. 지루하게 말을 이어 나갈 재주도, 생각도 없습니다. 짧게 끝내죠. 저희 컬쳐 필드의 일본 지부 '교진'에서 한 가지 프로젝트를 준비하고 있습니다."

24장. 우연이 맞아떨어지도록

정호가 기획한 교진의 프로젝트는 다름 아닌 영화 제작
이었다.

새로 계약한 배우들을 단순히 드라마나 영화에 출연시키
는 것도 좋았지만 이 기회에 정호는 교진의 위상을 껑충 뛰
어오르게 할 생각이었다.

그렇다면 자체적으로 드라마나 영화를 제작하는 것이 최
고였다.

'중국과는 다르게 시장이 완성된 일본은 해당 국가의 일
류급 제작사와 바로 협업을 하는 것이 불가능하다. 신생 제
작사라면 협업이 가능하겠지만 그래서는 탄탄하게 구축된

일본 시장을 뚫기도 힘들어. 그렇다면 결국 일본의 배우들을 내세워 컬쳐 필드 내부의 제작사와 협업을 하는 것이 최고지.'

그리고 당연히 컬쳐 필드 내부의 제작사는 뉴 아트 필름이었다.

황태준은 현재 부지런히 움직이며 감독과 시나리오를 섭외해 둔 상황이었다.

'프롬 프로덕션에게는 미안하지만 이번에는 뉴 아트 필름에게 기회를 줘야 하는 상황이다. 일본 방송국과의 접점이 없는 컬쳐 필드의 입장에서는 확실히 드라마보다 영화가 낫지. 배급사만 잘 구한다면 영화는 상영관을 확보할 수 있을 테니깐.'

정호는 해당 사실을 환영회에 모여 있는 사람들에게 허심탄회하게 설명했다.

"교진이 자체적으로 영화를 제작하기로 한 경위는 이렇습니다. 먼저……."

영화에 출연을 해야 하는 당사자에게 일을 숨겨서는 업무가 원활하게 진행되지 않는다고 생각하는 정호였지만 배우들의 입장은 달랐다.

이런 경우가 처음이었다.

새로 영입된 네 명의 배우 중에서 가장 먼저 교진과의 계약을 체결한 기무라 하루가 속으로 생각했다.

'청렴하면서도 결백하게 회사를 운영한다더니 사실이군. 회사의 이익과 배우의 이익을 구별하고 타협점을 찾아내는 능력이 탁월해. 이런 식으로 접근하여 설득하면 넘어가지 않을 배우가 없지.'

우츠미 켄을 설득하여 교진에 함께 합류한 코바야시 히로시도 비슷한 생각을 했다.

'총 대표님의 설명에 켄 형도 만족하는 표정이야. 이곳에 오길 잘했어. 벌써부터 예감이 아주 좋은걸?'

그렇게 정호가 투자 규모를 밝힘으로써 교진이 자체 제작 영화를 준비하는 이유에 대한 설명이 끝났다.

환영회에 모인 사람들은 만족스러운 표정으로 고개를 끄덕였다.

확실히 영화를 준비하는 이유에 설득력이 있고 배우에게도 매력적인 요소가 많은 교진의 자체 제작 영화였다.

특히 투자의 규모가 대단했다.

장르가 로맨스임에도 불구하고 제작비만 자그마치 200억 원이 투입될 예정이었다.

세계적으로 좋은 성과를 낸 〈시간에 대하여〉의 제작비가 130억 원이라는 걸 생각해볼 때 이건 결코 적은 양이 아니었다.

그때 세리자 미미가 손을 들었다.

정호가 세리자 미미를 가리키며 말했다.

"네, 세리자 미미 양. 하고 싶은 말이 있으면 하세요."

규모가 커짐에 따라 새로 뽑힌 교진의 신입 직원 중 하나가 세리자 미미에게 마이크를 가져다줬다.

'어느새 환영회가 프레젠테이션장이 된 기분이군. 뭐 이것도 이것 나름대로 좋으려나?'

마이크를 건네받은 세리자 미미가 발언했다.

"아, 아. 이 자리에서 마이크를 잡게 될 줄은 몰랐기 때문에 상당히 부끄럽네요. 아까 인사드린 이번에 교진과 함께하기로 한 세리자 미미라고 합니다. 제가 이렇게 마이크를 잡게 된 건 감독과 시나리오 작가가 누군지 궁금하기 때문입니다. 혹시 누군지 알 수 있을까요?"

시놉시스와 시나리오를 직접 받아 봐야 확신할 수 있겠지만 이런 상황에서는 감독과 시나리오 작가의 이름을 아는 것이 최선이었다.

감독과 시나리오 작가의 이름을 알면 대강 어떤 식의 영화가 나올지 예측할 수 있기 때문이었다.

정호가 고개를 끄덕이며 답했다.

"확실히 궁금할 만하겠군요. 감독은 오타 타카히로입니다. 그리고 시나리오 작가는 코지바 마코토입니다."

감독과 시나리오 작가는 어젯밤 결정된 사항이었기 때문에 직원들 대부분도 알지 못했다.

그래서 그런지 환영회 곳곳에서는 탄성이 튀어나왔다.

그때까지 다소 진중한 얼굴을 하고 있던 우츠미 켄이 밝아진 얼굴로 손을 들어 세리자 미미의 마이크를 건네받았다.

"그래서 촬영은 언제부터 시작되는 겁니까? 저를 꼭 캐스팅해주실 거죠?"

◇ ◆ ◇

감독 오타 타카히로와 시나리오 작가 코지바 마코토의 조합은 꽤나 의외였다.

오타 타카히로는 〈나는 오늘, 내일의 너와 만난다〉, 〈입술을 통해 노래를〉, 〈연인의 밴드〉, 〈우리들의 잃어버린 여름〉 등을 연출한 로맨스 전문 감독이었다.

하지만 주연 배우로 낙점된 우츠미 켄과는 조금 조합이 맞지 않는다고 할 수 있었다.

'오타 타카히로는 언제나 젊고 잘생기거나 예쁜 남자 배우와 여자 배우를 쓰는 것으로 유명하기 때문이지. 청춘을 다루는 감독이랄까? 그런 느낌이야.'

그런데 우츠미 켄의 나이는 마흔 다섯이었다.

청춘이라는 말과는 확실히 조금 거리가 먼 느낌이라고 할 수 있었다.

실제로 우츠미 켄은 청춘스타에서 이미지 변신을 하여

연기파 배우로 활동 중이었다.

우츠미 켄만이 아니었다.

겉으로 보기에는 그렇게 보이지 않았지만 세리자 미미의 나이는 서른이었고 기무라 하루의 나이는 서른둘이었다.

그건 스물여섯인 코바야시 히로시를 제외하고는 청춘이라는 말에 어울리는 배우는 없다고 봐야 한다는 뜻이었다.

'이번에 제작될 영화는 결국 중년의 사랑을 다룰 가능성이 크다. 배우만으로 그게 정해졌어. 그런데 청춘 로맨스 전문 감독인 오타 타카히로가 합류를 한다고 하니 다들 놀랄 수밖에.'

거기에다 코지바 마코토는 〈나와 나의 이름은〉, 〈언어의 화원〉, 〈별을 쫓는 어린아이〉, 〈초속 50센티미터〉 등의 각본을 쓰고 연출한 애니메이션 영화 전문가였다.

비록 이번에는 시나리오 작가만으로 참여한다고 하지만 코지바 마코토의 합류는 의외일 수밖에 없었다.

'코지바 마코토는 애니메이션 영화 외길을 걸어온 일본의 거장 중 하나다. 미야자키 하오를 잇는 차세대 감독이라는 평가야. 그런 코지바 마코토가 교진 자체 제작 영화의 시나리오 감독으로 참여한다니 의외일 테지.'

하지만 정호는 이 색다른 조합에 대한 확신이 있었다.

'우리가 접근하기도 전에 오타 타카히로와 코지바 마코토는 이미 협업을 준비하고 있었으니까.'

사실 정호는 두 사람이 이맘때 영화를 함께 준비하고 있다는 것을 알고 있었다.

이전의 시간에서도 두 사람은 각자 본인들이 가지고 있는 청춘 로맨스 전문 감독이라는 이미지와 애니메이션 전문 각본가라는 이미지를 탈피하기 위해 의기투합했었기 때문이었다.

하지만 이러한 사실을 정호는 얼마 전까지 잊고 있었고 네 명의 배우가 합류한다는 얘길 전해 듣고 나서야 해당 사건을 떠올릴 수가 있었다.

'디퍼런트 트윈에 이어서 이런 우연이라니…… 이번 일본행은 완전히 우연으로 완성된 것이라 할 수 있겠군.'

물론 그렇다고 해서 모든 우연이 완벽하게 들어맞은 것은 아니었다.

코지바 마코토의 시나리오에는 사실 코바야시 히로시의 자리가 없었다.

오타 타카히로가 청춘 로맨스 전문 감독이라는 이미지를 탈피하기 위해 완전히 청춘스타를 배제하기를 바랐던 탓이었다.

실제로 이전에 시간에서도 코바야시 히로시가 맡을 역할은 등장하지 않았다.

'하지만 그 배역의 수정을 조건으로 거액의 투자를 약속했지. 이번 영화에 200억 원이 투자된 이유도 거기에 있고.'

황태준의 작품이었다.

오타 타카히로와 코지바 마코토의 콜라보레이션을 못마땅한 시선으로 바라보는 여타 다른 제작사들과는 달리 황태준은 두 거장의 결합이 성공할 것이라는 확신을 가졌다.

그 결과, 어떤 지출을 감소하더라도 이번 일을 성사시키고 싶다는 의지를 정호에게 표명했다.

황태준이 말했다.

"왠지 이번 일이 성공할 거라는 예감이 듭니다. 설사 실패하더라도 이 영화를 찍었다는 사실만으로도 교진은 일본 내에서 더욱 확실히 자리를 잡을 것입니다."

황태준의 말은 일리가 있었다.

네 배우의 이름값은 교진을 지탱해 줄 중요한 힘이었기 때문에 영화가 실패해도 다른 활로를 충분히 찾을 수가 있었다.

하지만 정호는 이미 이 영화의 성공을 엿본 상태였다.

'그사이 태준이가 제법 괜찮은 승부사로 성장했군.'

정호가 이렇게 생각하며 대답했다.

"네 뜻이 그렇다면 두 거장을 어떻게든 데려와. 투자비는 생각하지 말고."

그렇게 황태준은 교진 환영회 전날 밤 극적으로 오타 타카히로와 코지바 마코토를 데려오는 데 성공했다.

교진의 비상이 시작되기 직전이었다.

얼마 후, 코지바 마코토의 수정 시나리오가 나왔다.

코바야시 히로시의 자리가 보강된 완벽한 시나리오였다.

정호는 수정 시나리오를 읽어보고 나서 오타 타카히로와 코지바 마코토와 정식 계약을 체결했다.

또한 세리자 미미, 우츠미 켄, 기무라 하루, 코바야시 히로시의 출연도 확정됐다.

정호는 그렇게 완성된 기획안을 확인했다.

〈도쿄의 가을〉

감독: 오타 타카히로.

각본: 코지바 마코토.

모모(31, 본산 그룹 마케팅 팀장) — 세리자 미미

케이(46, 카페 우라와 사장) — 우츠미 켄

세나(33, 삼류 만화가) — 기무라 하루

미츠모(23, 유학을 앞둔 대학생) — 코바야시 히로시

친자매인 세나와 모모의 시점으로 두 사람의 연애가 그려질 예정이었다.

세리자 미미와 우츠미 켄, 기무라 하루와 코바야시 히로시가 각각 영화의 한 축을 담당하기로 했다.

'보통의 청춘 로맨스와는 전혀 다른 색깔을 보여줄 것이다. 단순히 사랑을 하는 데 그치는 것이 아닌, 사랑을 하고 가정을 이룬 뒤 함께 늙어가는 그런 이야기가 전부 담길 거야.'

하지만 그렇다고 해서 진지하기만 하고 흥행 코드가 전혀 없는 것은 아니었다.

한 달에 한 번 친자매의 몸이 서로 바뀐다는 설정이 들어있었기 때문이었다.

이 설정은 영화의 재미와 긴장을 극대화시킬 중요한 요소였다.

'서로의 남자를 대신 만나면서 펼쳐지는 에피소드와 흥미로운 조언 같은 것이 오가겠지. 시나리오에 적힌 대사들이 어떻게 펼쳐지는지 빨리 내 눈으로 확인하고 싶군.'

그렇게 기대감 속에서 시간이 빠르게 흘러갔다.

그사이 디퍼런트 트윈은 후속곡 〈미워도 사랑이잖아〉로 인기몰이를 이어 나갔다.

또한 〈도쿄의 가을〉의 제작 발표회가 열리면서 일본 영화 팬들의 기대가 교진으로 향했다.

하지만 좋은 일만 있던 것은 아니었다.

미네르바가 〈중화의 돈〉에 이어서 제작한 드라마가 중국 시장에 먹히면서 컬쳐 필드의 뒤를 바싹 추격하기 시작했던 것이다.

뿐만 아니라 한경수는 일본 시장 진출을 공표했다.

─미네르바는 계획대로 성장하고 있고 중국 시장에서 어느 정도 성과를 보이는 데 성공했습니다. 그런 까닭에 미네르바가 이제 시선을 일본으로 돌릴 때라고 생각했습니다. 그리고 미네르바는 후신과 제르바와 협약을 맺는 데 성공했습니다.

후신은 3대 음반 회사 중 한 곳이었고, 제르바는 영화와 드라마를 모두 제작하는 것으로 유명한 제작사였다.

정호가 한경수의 공표를 확인하며 생각했다.

'꽤나 묵직한 한 방을 준비했군. 하지만 이번에도 생각처럼 쉽지 않을 것이다.'

그리고 얼마 후, 본격적으로 〈도쿄의 가을〉의 촬영이 시작됐다.

노련한 배우들의 연기를 보는 건 즐거운 일이었다.

〈도쿄의 가을〉의 촬영이 시작되면서 정호는 그런 인상을 강렬히 받았다.

'전체적으로 한국보다 리액션이 크기 때문에 상대적으로 불편하다는 느낌이 들기는 했지만, 지켜볼수록 일본 정서에 잘 맞는 연기를 해내고 있다는 인상이야.'

한국에는 한국 문화가 있듯이 일본에는 일본 문화가 있었다.

그와 마찬가지로 일본에는 일본에서만 통하는 '연기'라는 것이 존재했다.

그리고 지금 이 순간 어렴풋이 알고 있던 그 '연기'라는 게 무엇인지 정호는 확실히 깨닫고 있었다.

'섬세한 행동과 감정 표현이 중요하게 작용하는 분야인 만큼 어쩔 수 없는 것이겠지.'

지금 촬영되는 장면은 영화의 삼분의 일 정도 되는 구간으로 한 달에 한 번 자매의 몸이 바뀐다는 게 관객에게 처음 드러나는 곳이었다.

촬영 세팅이 끝나자 감독인 오타 타카히로가 외쳤다.

"자, 액션!"

잠에서 깨어난 기무라 하루가 왠지 모를 위화감을 느꼈다.

이불을 들춘 후 방 안을 천천히 둘러봤다.

나무 이젤, 도화지, 붓, 물감 등 마치 화방같이 꾸며진 방 안의 풍경이 기무라 하루의 눈 안으로 들어왔다.

본산 그룹 마케팅 팀장 모모의 정신으로 깨어난 기무라 하루가 중얼거렸다.

몸이 바뀌었다는 걸 깨달은 것이다.

"악취미야. 만화가가 방을 무슨 화가처럼 꾸며놨대."

그때 옆방에서 누군가가 소리를 내질렀다.

다름 아닌 삼류 만화가 세나의 정신으로 깨어난 세리자 미미의 목소리였다.

"꺄아아아악!"

세리자 미미가 한 손에 모형 해골을 든 채 벌컥, 방문을 열고 들어왔다.

그러고는 기무라 하루에게 따졌다.

"너, 이거 뭐야! 왜 이런 걸 방 안에 뒀어!"

은은한 미소를 지으며 기무라 하루가 대답했다.

"선물. 우리 이제 몸 바뀔 시기가 됐잖아. 그래서 하나 사뒀지."

약이 오를 대로 오른 세리자 미미가 기무라 하루를 향해 달려들었고, 기무라 하루는 날쌘 동작으로 세리자 미미의 손길을 피해 이리저리 도망 다녔다.

1초, 2초, 3초.

시간이 흐르고 오타 타카히로가 오케이 사인을 냈다.

곧이어 배우들을 칭찬했다.

"너무 좋았어요! 훌륭했습니다!"

현장 스태프들도 박수를 보냈다.

중요한 장면을 NG 한 번 없이 연기해 낸 것이었다.

박수가 절로 나올 수밖에 없는 상황이었다.

기무라 하루와 세리자 미미가 서로를 격려했다.

"언니, 수고 많았어요."

"너도 잘했어."

이게 〈도쿄의 가을〉 팀의 장점이었다.

배우들끼리의 친분이 두터워서 시간 낭비에 불과한 기

싸움 없이 연기에만 집중할 수 있는 환경이 조성된다는 것이었다.

이건 스승과 제자 격인 우츠미 켄과 코바야시 히로시도 마찬가지였다.

'네 명의 배우는 이미 서로 몇 번이나 호흡을 맞춰 본 사이다. 그러다 보니 자연스럽게 좋은 연기가 나오는 것이지. 게다가 네 명의 배우는 아주 노련하게 일부러 이런 상황이 연출되도록 유도하고 있어.'

초보 연기자는 보통 자신의 연기에만 집중하는 경향이 컸다.

그러다 보니 자각 없이 현장의 분위기를 가라앉히는 경우가 종종 생겼다.

주연 배우가 감정을 잡겠다고 생각에 잠겨 있는데 일부러 소란을 일으킬 만큼 간이 큰 스태프는 없었기 때문이었다.

하지만 교진의 노련한 배우들은 이런 상황까지 고려하고 있었다.

다시 말해서 뛰어난 연기를 펼치면서도 현장의 분위기까지 챙기고 있다는 뜻이었다.

'확실히 다르긴 다르군. 이런 촬영 현장은 처음이라 여러모로 고민했는데 생각보다 잘 돌아가고 있어.'

◇ ◆ ◇

사실 정호는 〈도쿄의 가을〉에 대한 걱정이 많았다.

지금까지는 언제나 한국인 배우들과 작업을 했지만 이번에는 그렇지 못하기 때문이었다.

'한국의 작품이야 당연히 한국 사람들과 작업을 했지. 미국의 작품을 할 때도 언제나 여운이나 미지가 함께했고. 심지어 중국에서는 배우의 국적 비율까지 맞췄다. 하지만 이번에 상황이 달라.'

한국인 배우가 하나도 없었다.

심지어 한국인 감독이나 시나리오 작가를 쓴 것도 아니었다.

'감독, 시나리오 작가, 주연급 배우, 조연급 배우까지 영화의 핵심이라고 할 수 있는 사람들이 전부 일본인이다. 심지어 스태프의 절반 이상도 일본인이고. 한국 국적의 제작사인 뉴 아트 필름의 여건상 한국인 스태프가 고용되긴 했지만 영화 전체로 놓고 보자면 아주 극소수에 불과하지.'

결국 분위기상 한국인 스태프들은 절대 '을'의 위치에 놓일 수 없다는 뜻이었다.

그리고 국적이 다르다는 것이 큰 불이익으로 작용할 수도 있는 상황이었다.

그게 정호가 지금껏 꾸준히 촬영 현장을 찾는 이유였다.

'배우뿐만이 아니라 뉴 아트 필름에서 파견한 한국인 스태프들도 컬쳐 필드의 식구다. 그들이 다른 스태프들에게 불이익을 받도록 놔둘 수는 없지.'

〈도쿄의 가을〉에 합류된 스태프는 대부분 엄연히 따지자면 교진의 사람들이 아니었다.

감독인 오타 타카히로와 여러 차례 작업하여 핵심 멤버로 거듭난 스태프들이었다.

'발언권을 가진 스태프들은 결국 대부분 오타 타카히로의 사람들이란 얘기다. 그러다 보니 컬쳐 필드에서 파견된 스태프들과 위화감이 생길 수밖에 없지. 심지어 국적이 다르다 보니 말도 잘 통하지 않을 테고.'

하지만 지금껏 확인한 결과, 현장 분위기는 나쁘지 않았다.

교진의 주연 배우들이 정호가 생각한 부분을 신경 써서 잘 조율해 준 덕분이었다.

'특히 얼마 전의 일을 잘 해결해 줬지.'

정호가 잠깐 자리를 비운 사이 장비를 옮기는 과정에서 일본인 스태프 하나가 한국인 스태프를 향해 비난을 퍼부은 일이 있었다.

그때 나선 것도 교진의 주연 배우였다.

그 근처를 지나던 우츠미 켄이 일본인 스태프에게 다가가 물었다.

"무슨 일인가요?"

갑작스러운 우츠미 켄의 등장에 살짝 놀란 일본인 스태프가 대답했다.

"아, 글쎄. 이 한국인 스태프가 남들은 두 개씩 드는 장비를 하나씩 드는 거 아닙니까? 일정도 바쁘고 다들 고된 일을 하는 것은 마찬가지인데 이러는 것은 좀……."

일본인 스태프가 말꼬리를 흐렸다.

자신이 억지를 부린다는 것을 일본인 스태프도 알고 있었던 것이다.

왜냐하면 장비를 하나씩 옮긴 한국인 스태프가 여자였기 때문이었다.

우츠미 켄이 대충 상황을 파악했다.

'내 앞의 한국인 스태프는 두 개를 들 수 있는데 하나를 드는 게 아니다. 정말 무거워서 하나밖에 들지 못하는 거야. 게다가 한국인 스태프의 역할은 스크립터 같은데…….'

우츠미 켄은 힐끔 옆쪽을 쳐다봤다.

그곳에는 똑같이 하나의 장비를 들고 있는 일본인 여자 스태프가 보였다.

'역시…… 기 싸움이군.'

결론을 내린 우츠미 켄이 웃으며 말했다.

"아아, 누군가는 하나를 들고 누군가는 두 개를 드는 상황이 펼쳐진 게 문제였군요. 제가 정말 죄송합니다."

난데없는 사과에 일본인 스태프가 당황하며 물었다.

"그, 그게 무슨?"

우츠미 켄이 여전히 웃는 낯으로 대꾸했다.

"하나를 들고 두 개를 드는데 아무것도 안 드는 사람도 있으니까요. 자, 주시죠. 저도 하나를 들겠습니다."

우츠미 켄이 두 개의 장비를 들고 있는 일본인 스태프의 손에서 장비 하나를 빼앗아 들고 옮기기 시작했다.

그러자 주변이 웅성거렸다.

주연 배우가 스태프와 함께 장비를 옮기고 있으니 현장이 뒤집어질 수밖에 없었던 것이다.

슬금슬금 눈치를 보던 매니저들과 조연급 배우들까지 너도 나도 몰려와 장비를 옮겼다.

그리고 그 상황이 오타 타카히로의 귀에까지 들어갔다.

"뭐? 그게 말이 돼? 누가 그런 걸 시킨 거야?"

오타 타카히로가 재빨리 해당 장소로 찾아갔다.

그곳에는 진짜 배우들과 스태프들이 한마음 한뜻으로 장비를 옮기는 진풍경이 펼쳐져 있었다.

오타 타카히로는 해당 일의 원인을 제공한 일본인 스태프를 크게 꾸짖었다.

그런 뒤, 교진 쪽에 추가 인원 파견을 요구했다.

정호에게 오타 타카히로가 사정했다.

"인원을 좀 더 붙여 주세요. 우츠미 켄 씨를 비롯한 코바야시 히로시 씨, 세리자 미미 양, 기무라 하루 양까지 전부 덤벼서 장비를 옮기고 소일을 하니 현장 분위기가 엉망이에요."

오타 타카히로의 말대로 정말 엉망이었다.

연기자가 연기를 하고 감독이 연출을 하는 것처럼 스태프는 장비를 옮겨야 했다.

그렇게 분업화가 되어야 현장이 제대로 돌아갈 수 있었다.

그러지 않고 연기자가 연출을 하거나 스태프가 연기를 한다면 현장이 제대로 돌아갈 리가 만무했다.

오타 타카히로이 감독으로서 어떤 골치를 썩고 있는지 파악한 정호가 웃으며 물었다.

"그럼 얼마나 인원을 파견해 드릴까요? 어느 정도면 장비를 사이좋게 하나씩 나눠서 들 수 있겠습니까?"

◇ ◆ ◇

결국 정호는 인원을 파견해줬고 '전 인원 스태프' 화 사건은 가벼운 해프닝으로 일단락됐다.

그와 함께 자연스럽게 한국인 스태프들의 대우가 좋아졌다.

'현장의 눈과 귀가 해당 사건의 원인과 결과를 널리 퍼뜨렸으니깐. 이제 스태프들도 알게 된 거지. 주연 배우들이 나서서 현장의 기 싸움을 저지하고 있다는 걸.'

현장의 분위기도 한층 온화하게 바뀌었다.

스태프들은 서로 협력하는 제스처를 먼저 취했고, 오타 타카히로는 늘 배우들의 연기에 칭찬을 아끼지 않았다.

그러다 보니 업무의 효율도 높아져 계획된 촬영일이 여유롭게 비는 현상도 발생했다.

'원래 촬영이 진행되면 진행될수록 시간이 촉박해져 쉬는 날이 없어지는 게 정상인데 이번만큼은 그렇지 않군. 오히려 이틀씩 쉬는 날이 있을 정도라니…… 영화를 이렇게 효율적으로 찍을 수도 있는 것이구나.'

정호는 노련한 주연 배우 넷이 있다면 어떤 상황이 펼쳐지는지 깨달았다.

그런 좋은 분위기 속에서 〈도쿄의 가을〉 촬영이 마무리됐다.

마지막까지 현장의 분위기는 밝고 경쾌했다.

촬영이 끝났다는 사실에 스태프들이 환호하고 있을 때 오타 타카히로가 정호에게 다가왔다.

"후시 작업이 남긴 했지만 이제 끝이군요. 지금까지 감사했습니다."

정호가 웃으며 답했다.

"제가 더 감사하죠. 감독님과 함께해서 영광이었습니다."

오타 타카히로가 고개를 저으며 말했다.

"아닙니다. 이번 촬영을 통해 제가 더 많이 배웠습니다. 특히 배우들…… 교진은 정말 대단한 배우들과 함께하고 있더군요. 촬영을 이렇게도 할 수 있다는 걸 깨달았습니다."

오타 타카히로의 시선이 교진의 주연 배우들에게 향했다.

세리자 미미, 기무라 하루, 우츠미 켄, 코바야시 히로시는 스태프들과 함께 마지막 촬영의 기쁨을 나누고 있었다.

누가 가져 왔는지 샴페인까지 터뜨리며.

정호도 오타 타카히로와 함께 그런 모습을 지켜보며 대답했다.

"저도 마찬가지입니다. 이렇게도 촬영을 할 수 있다는 걸 이번에 알았습니다. 마지막까지…… 잘 부탁드립니다."

〈10권에 계속〉